O MENINO DE BURMA

BIYI BANDELE

O MENINO DE BURMA

Tradução de
HELOÍSA MOURÃO

EDITORA RECORD
RIO DE JANEIRO • SÃO PAULO
2009

CIP-Brasil. Catalogação-na-fonte
Sindicato Nacional dos Editores de Livros, RJ

B168m Bandele-Thomas, Biyi, 1967-
O menino de Burma / Biyi Bandele ; tradução Heloísa Mourão. –
Rio de Janeiro: Record, 2009.

Tradução de: Burma boy
ISBN 978-85-01-08164-3

1. Guerra Mundial, 1939-1945 – Participação de jovens – Ficção.
2. Guerra Mundial, 1939-1945 – Campanhas – África – Ficção. 3. Crianças e guerra
– África – Ficção. 4. Romance nigeriano (Inglês). I. Mourão, Heloísa. II. Título.

CDD: 828.996693
09-0597. CDU: 821.111(669.1)-3

Texto revisado segundo o novo Acordo Ortográfico da Língua Portuguesa

Título original inglês:
BURMA BOY

Capa: Estúdio Insólito

Impresso no Brasil

ISBN 978-85-01-08164-3

PEDIDOS PELO REEMBOLSO POSTAL
Caixa Postal 23.052 - Rio de Janeiro, RJ – 20922-970

Este livro é dedicado aos 500 mil soldados da
Força Real de Fronteira da África Ocidental e aos
Artilheiros Africanos do Rei, que serviram com as Forças
Aliadas durante a Segunda Guerra Mundial.
E à memória de meu pai, Solomon "Tommy Sparkle"
Bamidele Thomas, um "Menino de Burma" cujas
histórias da guerra na selva ainda
ecoam em meus ouvidos.
E a meu filho, Korede, e minha filha, Temi.

Sumário

Nota de Tradução

A maior parte da ação desta obra se passa no país cujo nome atual é Mianmar e que durante a Segunda Guerra (período no qual se passa a história) era chamado Burma nos países de língua inglesa e Birmânia em português.

Ao longo do livro, há diversas passagens que ilustram a forma como os soldados africanos aliados assimilavam palavras e expressões do inglês no contato com oficiais britânicos durante as campanhas. Uma destas palavras é "Burma", pronunciada entre os nigerianos como "Boma", e que dá nome ao livro. Para preservar o sentido de tais correlações na obra de Biyi Bandele, a presente tradução mantém essa e outras palavras no original.

A arma chegou e eu a examinei, imaginando o quanto os homens entendiam da coisa.

— Quem é o número um?

— Mim sou — respondeu o cabo Ali Banana.

— James Shawn, *The March Out*.

Prólogo: Cairo

1

Dois anos de guerra, num dia tão quente e sufocante que as avenidas em geral tumultuadas do Cairo estavam praticamente desertas, um inglês esquálido e de aparência desgrenhada claudicava em passo arrastado por obscuros becos e bazares da cidade, acotovelando-se com cavalos, camelos, bicicletas, motonetas, carrinhos de mão, pedestres e automóveis, procurando, dizia, por um farmacêutico. Ele se aproximava de cada mascate e tentava falar nas vielas estreitas, congestionadas e tomadas por aromas de gengibre, cominho, sândalo e menta; vagava para cada cafeteria enfumaçada pelos narguilés, lutando para falar embora fosse capaz apenas de balbuciar que estava procurando por algo que só existia em sua imaginação devastada pela febre; ao menos isso estava claro, que este estranho homem, vestido com um uniforme do exército britânico pendendo frouxamente de sua silhueta raquítica e usando um distintivo de major, estava nas garras de uma febre feroz e incapacitante. Ele tremia sob o calor intolerável, batendo os dentes como se estivesse no frio profundo de um dia de inverno inglês.

— Farmacêutico — gaguejava. — Atabrine. — Mas as palavras formavam um murmúrio sem sentido. Era evidente que o homem estava enfermo. E, ainda assim, seus olhos fundos de pálido azul encaravam corajosamente de um rosto cavado e ossudo, coberto por uma barba revolta.

Pragas e insultos o seguiam enquanto ele coxeava de um lado ao outro na rua sem ver aonde ia e cruzava de volta freneticamente, sem nenhuma preocupação aparente por sua vida ou pelo tráfego agitado. O condutor de uma carroça puxada por uma mula correu atrás dele e sinceramente desejou divórcio para seus pais quando desviou para evitar o homem e acabou numa vala de esgoto; um motorista de táxi que pisou no freio no último segundo inclinou-se para fora de sua janela e primeiro ameaçou engravidar a mãe do soldado, depois fazer dele um corno e por fim atropelá-lo na próxima vez. Em seguida, numa rápida contrição e pedindo a Deus que perdoasse os pecados de sua boca, o motorista abrigou o desvairado soldado britânico em seu carro e, falhando em conseguir uma resposta lúcida quando perguntou para onde deveria levá-lo, partiu diretamente para o Hotel Continental no centro da cidade, o qual todos sabiam estar repleto de oficiais aliados. Lá, ele empurrou o homem para o concierge como um presente indesejado e disparou de volta a seu carro, acelerando antes que fosse obrigado a recobrar a abjeta oferenda. Contudo, ele não tinha motivos para se preocupar. Tinha acabado de trazer o major Wingate de volta ao lugar certo.

O rosto do concierge se crispava em apreensão.

— O major se sente bem? — perguntou ele.

O major estava longe de se sentir bem. Mas, ao que parece, a viagem de carro lhe devolvera a língua.

— Tire essas mãos imundas de cima de mim — praguejou ele. — Não sou aleijado.

O concierge se retraiu e logo se curvou apologeticamente.

— É claro, major Wingate — respondeu. — Perdoe-me, senhor. Eu estava apenas tentando ajudar.

Wingate tremia violentamente, como se estivesse sofrendo uma convulsão.

— A única ajuda de que preciso agora — ele tiritava — é Atabrine. Preciso de Atabrine.

— Atabrine — repetiu o concierge. Ele considerou a palavra, murmurou-a algumas vezes, tentou várias formas de pronunciá-la, fez uma pausa pensativa e por fim meneou a cabeça. — O nome soa familiar, senhor — disse ele gravemente.

— Que nome?

— Atabrine, senhor. Seria um de nossos hóspedes?

O mundo girava em torno de Wingate quando ele se dirigiu ao saguão. Foi até o balcão de recepção, ignorando um oficial que o chamava do bar lotado.

— Tayib, Tayib — disse ele com óbvio alívio quando viu o recepcionista —, traga-me um pouco de Atabrine.

— Mas major Wingate — sorriu Tayib, solícito —, eu lhe dei um frasco inteiro de Atabrine ainda ontem.

— Acabou tudo — murmurou Wingate.

— *Tudo*, senhor? — Uma linha de suor se desenhou na testa do recepcionista.

— Tomei os dois últimos comprimidos esta manhã.

— O frasco era para uma semana — disse Tayib delicadamente.

Atrás de Wingate, no bar diante do saguão, o coronel acenava.

— Alguém está tentando chamar sua atenção, senhor.

— Consiga mais uma dose semanal para mim, está certo, Tayib? — ele parecia desesperado.

— O coronel Mitchell, senhor, está tentando lhe dizer algo.

Wingate se voltou e fitou o coronel com evidente desgosto.

— Macaco — rilhou ele antes de se voltar novamente e encarar Tayib. — E então? — perguntou.

— O Dr. Hamid... — começou Tayib.

— Um filho-da-puta.

— De fato, senhor. Mas a prescrição que consegui ontem para o senhor veio do Dr. Hamid, e o Dr. Hamid saiu do Cairo esta manhã para visitar o pai em Alexandria.

— Preciso de Atabrine. Confio em você, Tayib. Estarei em meu quarto.

— Vou ver o que posso fazer, major Wingate.

O recepcionista observou enquanto Wingate claudicava com dificuldade na direção do elevador. Em seguida, chamou o concierge.

— Ahmed.

O concierge chegou gingando ao balcão frontal.

— Preciso de um pouco de Atabrine — disse Tayib.

— O que aconteceu com o bocado que peguei ontem com o Dr. Hamid?

— Você pode ou não pode conseguir um pouco com seu cunhado?

— Por que não pega com o Dr. Hamid?

— Por que você sempre responde a uma pergunta com outra pergunta? — Tayib se inclinou à frente e continuou: — Já ouvi um sermão dele ontem quando telefonei para pedir o lote que você buscou.

— O Dr. Hamid adora o som de sua própria voz. Principalmente quando está prestes a esfregar uma conta salgada na cara de alguém.

— Esse não foi o problema. O problema é que o major simplesmente veio até aqui e disse: "Tayib, consiga um pouco de Atabrine para mim."

— Claro. Ao que parece, ele acha que Atabrine cresce em árvores.

— Então telefonei para o Dr. Hamid e ele disse: "Onde está o paciente? Traga-o para minha clínica", foi o que disse. "Diga a ele que quero vê-lo."

Atabrine era comprovadamente tóxico e imprevisível. Mesmo quando tomado na dose recomendada, como o médico explicou a Tayib, às vezes era impossível distinguir seus efeitos colaterais dos piores sintomas da doença que deveria curar. Sabia-se que havia induzido uma profunda psicose em determinadas pessoas e deixado outras em coma. Era crucial, disse o Dr. Hamid, examinar o paciente antes de prescrever Atabrine. Mas Tayib sabia que era inútil levar essa mensagem a Wingate.

— Então eu disse a ele: "Doutor, eu não posso levar o major Wingate até você. Ele acabou de passar o último ano na Abissínia, combatendo os italianos. Há um boato de que algo saiu terrivelmente errado para ele lá, e ele perdeu a sanidade."

— Não é só um boato.

— "É Atabrine ou meu emprego", eu disse ao doutor. Aí ele ficou com pena de mim e me disse para mandar alguém buscar uma porção para uma semana. "Da próxima vez", disse ele, "lembre que sou médico, e não farmacêutico."

Junto ao elevador, Wingate se apoiava na parede, tremendo enquanto esperava a chegada do transporte.

— Você sabia que lá na Abissínia seu major era um coronel?

— Não!

— Que meu casamento acabe se o que digo é mentira. E o que aconteceu no momento em que os italianos se renderam? O que aconteceu com o fim da guerra da Abissínia? Wingate recebeu ordens de seus superiores para se apresentar imediatamente ao quartel-general do Cairo. Por quê? Bem, ninguém sabe. Mas a primeira coisa que ele ouviu quando chegou ao QG foi a notícia de que agora era major. Um rebaixamento. Não sei qual crime ele cometeu na Abissínia, mas ouvi dizer que ele talvez esteja enfrentando uma corte marcial. Há mais que malária na aparência acabada e desleixada daquele homem. Há uma nuvem pesando sobre sua cabeça. E, pessoalmente, não sinto nenhuma compaixão por ele. É o hóspede mais grosseiro e intratável que já encontrei em todos os meus anos de trabalho aqui. Você o viu no dia em que deu entrada no hotel? Chegou mastigando uma cebola. Uma cebola, Tayib. Não me entenda mal, eu gosto de cebolas. Mas uma cebola não é uma maçã. Primeiro pensei que era uma maçã o que ele mordia com tanta vontade. Mas não era maçã coisa nenhuma. O homem estava comendo uma cebola crua. Você acha que viu de tudo, Tayib, e de repente encontra uma criatura assim. Detestável. Detestável.

— Quando você poderá falar com seu cunhado?

— Meu cunhado é um charlatão miserável, mentiroso e indecente.

— Pode ser, mas não estou pedindo uma descrição de seu cunhado.

— É um asqueroso aborticida de beco.

— A pergunta é: ele tem Atabrine?

— Eu não o procuraria nem se tivesse uma garganta inflamada.

— Mas me faça esse favor, Ahmed.

O elevador chegou. Quando entrou, Wingate não viu o degrau e caiu de joelhos. Tayib imediatamente pegou o telefone.

— O que este homem precisa não é de mais Atabrine. Já tomou mais que suficiente. Volte para seu posto, Ahmed. Isto não é trabalho para um charlatão aborticida. Estou ligando para o Corpo Médico da Armada Real.

— Por que ele não foi logo de uma vez para lá?

— Se eu pudesse ler pensamentos, Ahmed, você acha que eu estaria enfiado atrás deste balcão?

Ele discou para a telefonista e pediu uma linha para o Corpo Médico.

No elevador, Wingate lutava sofregamente para apertar o botão de seu andar, mas suas mãos pareciam ter entrado em súbita revolta, e a cada vez que ele lhes dava uma nova tarefa, independente de quão simples, elas simplesmente se agarravam mais firmemente à parede e se recusavam a obedecê-lo. A dor de cabeça, logo acima dos olhos, era como uma enxaqueca seguida de um chute no crânio. Ele mal podia enxergar e, quando conseguia, o esforço era tão extenuante, tão doloroso, que ele tornava a fechar os olhos e rezava por um desmaio. Mesmo com os olhos fechados, ele conseguia distinguir vividamente os candelabros de vidro talhado e lâmpadas elétricas pendendo do teto do saguão. Cintilavam como incontáveis estrelas e oscilavam perigosamente — a qualquer momento elas arremeteriam e o esmagariam no elevador. Wingate estava ensopado de suor; o coração latejava furiosamente, o uniforme colado à pele.

— Sou eu, Tim. Tim Mitchell — disse uma voz distante e cavernosa, como se saída dos fundos de um longo túnel.

Com um dos olhos entreaberto, Wingate viu uma sombra assomando diante de si. A voz e a sombra se mesclaram num rosto barbeado que se escancarou num conjunto reluzente de dentes brancos e secos, um sorriso ávido e pegajoso.

— Ainda não tive a honra de conhecê-lo, major Wingate. Só gostaria de lhe dizer que ouvi falar de sua campanha na Etiópia. Na verdade, li todos os seus relatórios e acho que...

— Agora não — retrucou Wingate. — Preciso chegar a meu quarto.

— É claro — disse o coronel. Ele apertou o botão para o quinto andar. — Na verdade, estou hospedado na porta ao lado da sua. Contei isto para Gwen numa carta que escrevi esta manhã. Espero que o senhor não se incomode. Eu disse a ela que tinha a honra de ser vizinho de Wingate da Etiópia.

Wingate não perguntou quem era Gwen, mas Mitchell explicou de qualquer maneira.

— Gwen — anunciou, sacando uma fotografia da carteira — é minha querida noiva. Ficamos noivos em Plymouth duas semanas atrás, pouco antes que eu zarpasse para o Egito.

— Coronel — disse Wingate debilmente —, por que acha que eu dou a mínima para sua vida particular?

— Isto é uma grosseria, Wingate.

Mas também calou a boca do coronel — tudo o que Wingate queria. Enquanto o elevador pneumático fazia sua vagarosa ascensão ao quinto andar, Wingate perdeu os sentidos por alguns segundos. Mas o jovem coronel não pareceu notar. A reputação de Wingate o antecedia, forjada de uma série de mitos de terras exóticas e façanhas verdadeiras mas difíceis de provar, e aos olhos de Mitchell aquele comportamento servia apenas para confirmar as lendas de extrema excentricidade do homem.

Quando chegaram ao quinto andar, Mitchell saiu de seu mutismo.

— Major — começou ele —, como o senhor teve a ideia para o nome Gideon Force?

— Coronel — respondeu Wingate antes de saltar para fora —, como o senhor tem ideias com uma cabeça tão incrivelmente estúpida?

— Você é sempre assim tão odioso?

— Somente com espiões lambe-botas do quartel-general.

O mundo começava a girar para além de seu controle. Wingate tentava livrar-se do coronel, chegar a seu quarto o mais rápido possível. Mas ele mal podia enxergar e ainda menos manter-se de pé, que diria andar. No corredor, ele trombou na parede, apoiou-se nela e deslizou em direção à porta do quarto. Mitchell o observava, primeiramente com irritação mesclada de fascínio, e logo com preocupação.

— Há algo errado com você, Wingate?

— Nunca viu um homem com malária antes?

Mitchell agarrou Wingate pelos ombros e o obrigou a dar meia-volta.

— Seu quarto fica deste lado. — Ele o guiou para a direção correta. — Foi ver um médico?

— Sim. — Wingate tentava encontrar sua chave.

Mitchell ajudou a colocar a chave na fechadura.

— Posso entrar em seu quarto por um momento?

— Não. Por quê?

— Eu pretendia usar o telefone para chamar um médico.

— Acabei de dizer que fui ver um médico. Ficarei bem assim que conseguir descansar.

— Escute aqui, Wingate. Isto é uma ordem. Quero que deixe sua porta destrancada.

— Por quê?

— Para que eu possa entrar de vez em quando e me certificar de que você está bem.

— Por que meu bem-estar é tão importante para você, coronel?

— Você está pálido como a morte. Quero ter certeza de que está bem. E depois vou mandar que seja preso por insultar um oficial superior.

Wingate bateu a porta. Enquanto ele tentava virar a chave na fechadura, a porta tornou a se abrir e a cabeça de Mitchell apareceu na entrada.

— Está sendo bastante paranoico, Wingate. Não sou um espião, e não sou do quartel-general.

— Muito obrigado, coronel.

— Não há de quê, major. Tem certeza de que eu não deveria chamar um médico?

— Eu lhe asseguro, coronel, não preciso ser examinado por um médico.

— Muito bem. Lembre-se de que estou no quarto logo ao lado. Tudo o que precisa fazer é dar algumas batidas na parede e estarei aqui num piscar de olhos.

Wingate fechou a porta. Ficou imóvel e esperou até ouvir os passos de Mitchell se afastando. Ele escutou quando Mitchell abriu a porta para o quarto contíguo.

Logo, pé dolorido ante pé dolorido, arrastou-se pela parede em direção à cama no outro lado do quarto. Desabou no leito, rolou para baixo das cobertas e ficou gemendo com dores que atravessavam cada membro de seu corpo.

Depois de se debater e revirar por vários minutos, Wingate rastejou para fora das cobertas, estendeu o braço e pegou o arquivo solitário que repousava no criado-mudo. Folheou as páginas frouxamente encadernadas. Era um relatório que redigira para o quartel-general durante a execução da campanha etíope; um documento furioso, escrito às pressas, colorido tanto por lembranças de ofensas reais e imaginárias quanto pela febre, que já fechava o cerco a seu redor quando ele se sentou para escrever.

O cinismo nesta guerra será nossa derrota, mas é dominante em nossos conselhos. Sede de justiça exalta uma nação.

Wingate buscou uma caneta e começou a rasurar a segunda linha. Depois pensou melhor e decidiu mantê-la.

Ele vasculhou sua mochila e sacou um termômetro. Chupando a ponta, foi ao banheiro e se postou diante do espelho de barbear.

Você está pálido como a morte, disse o repulsivo coronel. O homem tinha razão.

Ele removeu o termômetro e leu a temperatura. Naquela manhã tinha oscilado entre 37° e 39°C; assim, os últimos dois comprimidos de Atabrine ajudaram a baixar sua temperatura, antes que sua estúpida decisão — nascida do desassossego — de sair para uma caminhada no calor brutal do meio-dia o atirasse em sua presente desgraça. Agora a temperatura subia para 40°C.

Atabrine, pensava ele, *preciso conseguir um pouco de Atabrine.*

Retornou ao quarto e pegou o telefone, discando para o operador do hotel e pedindo para falar com Tayib na recepção.

— Quando vai chegar? — Wingate perguntou quando Tayib atendeu a chamada.

— Muito em breve, major. — Ele soava evasivo.

— E quão breve é muito em breve, Tayib?

— Dentro... dentro de uma hora, senhor.

Algo na voz de Tayib provocou suspeitas em Wingate. Ele fixou os olhos no termômetro por um longo tempo sem dizer palavra.

— Ainda está aí, major Wingate?

— Sim, Tayib, estou aqui. Eu só estava pensando... — Wingate divagou em mais algumas ideias e por fim tomou sua decisão. — Na verdade, estou telefonando para dizer que já não preciso de Atabrine. Ainda resta um pouco da dose que você trouxe ontem. Eu só tinha perdido o frasco. Acabei de encontrá-lo, estava embaixo da cama. Obrigado, Tayib. Obrigado por tudo. Graças a você, o Continental ainda corresponde à reputação de ser um verdadeiro oásis. Até logo e que Deus o abençoe.

— Vai deixar o hotel? — perguntou Tayib.

— Não — respondeu Wingate. — Por que acha que vou?

— Eu só imaginei, senhor... Está dizendo adeus.

— Estou sempre dizendo adeus, Tayib. Sou um soldado. É um reflexo da ocupação. Vou tirar um cochilo agora. Por favor, providencie para que eu não seja incomodado.

— É claro, senhor. Tenha um bom descanso.

Muito depois de recolocar o telefone no gancho, Wingate permanecia imóvel, sentado na cama. Pegou o termômetro e o devolveu ao estojo. Em seguida, agarrou sua mochila e cuidadosamente esvaziou o conteúdo no chão, incluindo o termômetro que tinha acabado de guardar nela. Examinou toda a pilha no chão, vasculhando cada bolso oculto no interior da mochila.

Estava buscando sua pistola de serviço, que na verdade tinha deixado para trás em Adis Abeba na pressa de sua brusca partida da Etiópia.

Procurou em cada canto do quarto; embaixo da cama, sob o colchão, em gavetas e no armário. Revirou o quarto inteiro. Mas a pistola que estava convencido de ter visto e limpado havia poucos dias não estava em lugar algum. Ficara sabendo de um florescente mercado negro de armas de pequeno a grosso calibre na Cidade dos Mortos — um cemitério antigo e vasto, conhecido também como Cemitério dos Vivos, pois abrigava não apenas cairotas mortos mas centenas de milhares de destituídos que viviam entre as lápides e câmaras mortuárias. Ele se perguntava se algum dos faxineiros encontrara e roubara a pistola para aumentar a mixaria de salário líquido que recebiam pelo exaustivo trabalho e as longas horas que eram obrigados a tolerar. Mas não tinha lógica que alguém roubasse uma pistola e ainda assim deixasse intocado todo o dinheiro que ele frequentemente largava espalhado pelo lugar.

Ele pegou o telefone e começou a ligar para o operador. Talvez Tayib pudesse ajudá-lo a desvendar o pequeno mistério da pistola desaparecida. O operador atendeu e Wingate começou a pedir que fosse ligado ao balcão de recepção. Mas logo mudou de ideia.

Quando Wingate desligou o telefone, seus olhos recaíram na faca de caça que ele comprara num mercado de Cartum fazia um ano. Tinha dado como perdida havia muito, mas a faca sempre esteve no mesmo lugar em que a jogara no dia em que fez a compra: a mochila cujo conteúdo agora se espalhava no chão diante de si. Pegou a faca e entrou no banheiro. Abriu sua bolsa de utensílios de barbear e sacou um tubo de pasta de afiar, espremeu uma bola na palma da mão e cuidadosamente amolou a lâmina na tira de couro que pendia junto ao espelho. Após afiar a faca por completo, colocou-se diante do espelho, erguendo o queixo para poder ver a totalidade do pescoço. Passou os dedos pela barba, como se estivesse prestes a raspá-la.

Logo, com toda a força que foi capaz de reunir, Wingate enterrou a faca no pescoço, atravessando carne e tendão. Enquanto tentava dar cabo de si mesmo e o sangue borbotava, subitamente se lembrou da porta. A porta! Wingate deu meia-volta e, com a faca firmemente enterrada em sua traqueia e partes de seu cérebro começando a morrer por falta de oxigênio, saiu do banheiro. Ele alcançou a porta e virou a chave na fechadura.

Satisfeito, Wingate retornou ao banheiro para terminar o que havia começado. De pé diante do espelho, ele arrancou a faca, passou-a para a outra mão, e rasgou a jugular em outro ângulo. O sangue esguichou e salpicou o espelho. Wingate começou a sufocar.

2

"Quando ouço um sujeito trancando a porta, não penso nada a respeito", dizia o coronel Mitchell no dia seguinte, numa carta à noiva. "E, se eu o ouço cair, isto é problema dele. Mas quando ouço um sujeito trancar a porta e logo em seguida cair..."

Assim que Mitchell ouviu o estrondo no quarto ao lado, soube que havia algo errado. Ele estava começando a cochilar quando aconteceu. Ainda em seus pijamas, Mitchell correu do quarto para o corredor e bateu repetidamente na porta de Wingate. Não houve resposta. Chamou Wingate; silêncio completo e absoluto. Pensando que talvez fosse apenas sua imaginação, tentou abrir a porta. De fato estava trancada. Ele disparou para o elevador, que, como sempre, demorou para chegar. Desistiu de esperar e se atirou escada abaixo.

Quando chegou ao saguão térreo e foi à recepção para relatar o incidente e pedir uma chave-mestra, Mitchell foi confrontado pela visão de dois médicos do exército que chegavam no mesmo momento. Eles vinham do 15º Hospital da Armada, do outro lado da cidade, para investigar um telefonema que tinham recebido do Hotel Continental meia hora antes. Tayib, confuso e já se arrependendo da decisão de convocá-los, estava no processo de telefonar para Wingate e avisá-lo de que visitantes subiriam para vê-lo quando Mitchell apareceu em seus pijamas. O telefonema de Tayib para o hospital do exército conjugado com a incapacidade de Mitchell de cuidar da própria vida foi o que salvou Wingate.

Quando os médicos irromperam no quarto de Wingate com Tayib, Mitchell e o gerente da casa em seu encalço, encontraram o major inconsciente no chão, morrendo. Havia sangue por todo o quarto.

Os médicos tentavam em vão estancar a hemorragia. Eles o transportaram às pressas numa ambulância que cruzou o Cairo em direção ao hospital do exército. Wingate foi imediatamente submetido a uma cirurgia, exigindo uma transfusão de quase dez litros de sangue.

Logo depois que a operação terminou — os cirurgiões consideraram um sucesso —, com os talhos em sua garganta meticulosamente costurados, os espasmos da malária retornaram. Inconsciente e pesadamente sedado, Wingate vomitou tudo que havia em seu estômago.

Dez comprimidos inteiros de Atabrine, não digeridos e quase novos em folha, emergiram da nojeira líquida que saiu aos borbotões de sua boca.

O violento acesso de vômito reabriu as feridas e arruinou todo o trabalho dos cirurgiões e enfermeiros. Precisariam recomeçar do zero. A anestesia se dissipava e, quando a segunda operação estava chegando ao fim, Wingate gradualmente recobrou a consciência e pôde sentir a agulhada de cada um dos pontos sendo enfileirados em seu pescoço.

Enquanto jazia no hospital, recuperando-se das profundas feridas que infligira a si mesmo, Wingate passava suas noites e dias pensando na Etiópia e na Gideon Force, o pequeno exército com que causara uma decisiva interrupção aos sonhos de império de Benito Mussolini.

3

Certa manhã, exatos cinco meses e três dias após o suicídio fracassado de Wingate no Cairo, as tropas japonesas lançaram um ataque anfíbio contra a colônia britânica da Malaia, no sudeste asiático. No mesmo dia, noventa minutos depois, uma frota de bombardeiros da Marinha Imperial Japonesa alcançou a ilha havaiana de Oahu e destruiu 188 aviões da Marinha dos Estados Unidos, matando milhares de recrutas e civis americanos.

Vinte e quatro horas depois, o presidente Franklin Roosevelt assinou uma declaração de guerra contra o Japão. Dois meses depois, o major Wingate foi convocado dos porões de um emprego burocrático, no qual tinha sido atirado após sua tentativa de suicídio inflamada pela febre e induzida pelo Atabrine, e promovido a coronel.

A missão do coronel Wingate era ajudar a chutar os japoneses para fora de Burma.

Para isso, ele criou uma série de grupos de penetração de longo alcance treinados para operar nos calcanhares das linhas japonesas.

Wingate nomeou estes grupos de reação rápida como os Chindits.[1]

---

[1]"Chindit": Corruptela em inglês da palavra "chinthé", que designa uma criatura da mitologia budista, semelhante a um leão, que guarda os portais dos pagodes geralmente aos pares, muito popular em Mianmar (atual nome da antiga Birmânia — ou Burma, em inglês —, oficializado em 1989). (*N. da T.*)

I

Hailakandi

1

Um turbilhão infernal ardia a distância, um pilar de fogo azulado rugindo na direção dos homens. Farabiti Banana, na retaguarda da vagarosa coluna que marchava em fila única, ficou paralisado por um breve instante, mas logo se arrastou à frente, empurrado pelo homem que vinha atrás. O fogo rasgava a noite negra e iluminava o denso emaranhado de árvores musguentas e rochas cobertas de líquen erguendo-se nas grandes montanhas e derramando-se por vales íngremes ao longo do caminho repleto de estranha vegetação, feras selvagens desconhecidas e atiradores reais e imaginários, cuja possível aparição os mantinha em marcha desde que haviam deixado seu último acampamento seguidos por cães selvagens até agora, muito depois do crepúsculo, quando seus ombros vergavam sob o peso insuportável do equipamento que cada um carregava às costas.

Quando o mastro de labaredas aumentou à frente, Farabiti Banana decidiu correr por sua vida. Sentia que não era de sua conta e nem estava em posição de perguntar ao homem da frente ou ao comandante atrás por que todos menos ele se comportavam como se estas chamas, surgidas para devorá-los, não estavam ali. Não conseguia entender por que todos as ignoravam, avançando e esquecendo o incêndio, aparentemente absortos apenas na simples força de vontade necessária para colocar um pé na frente do outro. Mesmo as mulas, que não eram tão inteligentes quanto certos homens que conhecera, embora muito mais inteligentes que certos outros, não pareciam preocupadas.

O impulso de fugir desapareceu quase imediatamente após cruzar a mente do Farabiti Banana. Iluminou-se nele a razão pela qual o Samanja Damisa, o Kyaftin Gillafsie[2] e todos os outros pareciam tão controlados: permaneciam tão impassíveis porque sabiam que estavam numa armadilha. Eles sabiam — até as mulas sabiam —, e ele próprio também deveria ter adivinhado, que não tinham para onde fugir; a trilha na qual vinham marchando ficava entre uma montanha íngreme que se erguia e se estendia por muitos milhares de metros e um matagal verde atrás do qual se ocultava um precipício que faria qualquer homem ou mula que pisasse em falso mergulhar num rio veloz, um *chaung* crivado de rochas dois mil metros abaixo.

---

[2]As palavras Farabiti, Samanja e Kyaftin são versões em hauçá para "Private", "Sergeant" e "Captain", ou seja, "Praça", "Sargento" e "Capitão" em inglês. (*N. da T.*)

Farabiti Banana recordou as palavras do homem a quem chamavam o Janar.[3]

— Em silêncio e confiança estará a sua força — o Janar lhes dissera. — O inimigo virá buscá-los com tudo o que possui. Ele tem uma missão em Burma, e uma única missão: está lá para matá-los. Está lá para matá-los em nome do imperador. Está lá para matá-los em nome do general Tojo. Está lá para matá-los pelo Nipon. Está lá para matá-los, ou para morrer tentando. Em suas trincheiras, a cada noite e cada manhã, os comandantes dizem ao inimigo que, se suas mãos estiverem quebradas, ele deve combatê-los com os pés. Os comandantes dizem que, se ele tiver mãos e pés quebrados, deve combatê-los com os dentes. Os comandantes dizem que, se ele for feito prisioneiro enquanto estiver desacordado, deve enterrar a língua na garganta e sufocar até a morte. Os comandantes dizem que, se não restar vida em seu corpo, ele deve combatê-los com a alma. Esta é a medida do inimigo. Nossa missão em Burma é atravessar-lhe as tripas. Metade da vitória já está ganha, graças a nosso treinamento e à força de nossa determinação. Agora precisamos colocar os ensinamentos em ação, e mostrar que podemos derrotar o japonês, onde quer que ele esteja. Não haverá descanso, não haverá fuga, não haverá retirada até que a batalha esteja vencida. Boa sorte e que Deus os proteja — disse o Janar. — Em silêncio e confiança estará a sua força.

*

[3]"Janar": corruptela da palavra "General". (*N. da T.*)

Farabiti Banana recordava estas últimas palavras do discurso do Janar e se perguntava se aquelas mesmas palavras estariam cruzando a mente do samanja enquanto ele marchava em silêncio à sua frente. Estariam todos os outros pensando as mesmas coisas? Por acaso pensavam que, ao marchar silenciosa e confiantemente para o interior destas furiosas chamas, ganhariam a estima do Janar se o reencontrassem no outro mundo?

Farabiti Banana limpou o rosto com as costas da mão e percebeu que tremia. Sua cabeça parecia pesada e a boca tinha gosto de bile. Não era um principiante no medo, mas quando se viu naquela trilha montanhosa nos recantos mais inóspitos da selva de Burma, na infeliz noite em que a Segunda Guerra Mundial completava cinco anos, a uma longa distância da aldeia que um dia chamou de lar — uma vila chamada Saminaka no norte da Nigéria, onde nasceu havia menos de 17 anos —, Ali Banana sabia que estava prestes a morrer, e um grande terror se apoderou de sua mente.

2

Ele fixava a mirada na nuca de Damisa e rezava para que o samanja lhe concedesse um olhar. Samanja Damisa era um homem alto, de peito largo, com uma cabeça desproporcionalmente pequena brotando de um pescoço espesso e sólido como o tronco de um baobá. Seu rosto era marcado por uma cicatriz medonha que corria do ouvido esquerdo até o canto da boca. A cicatriz fazia com que as pessoas olhassem duas vezes para Damisa — na primeira com choque, e na segunda com choque duplicado quando percebiam que ele não tinha a orelha esquerda.

A orelha foi perdida em algum lugar de Adis Abeba, cidade da África Oriental, ressequida e presumivelmente tornada pó.

Três anos antes, um camisa-negra italiano, membro da força expedicionária de 400 mil homens enviados para a

Abissínia por Benito "Il Dulce" Mussolini, viu-se com 12 de seus camaradas *fascisti* pego numa emboscada armada contra eles por um obscuro grupo chamado Gideon Force, uma guerrilha cada vez mais mortífera de africanos liderados, como sabiam os italianos, por um coronel dissidente do exército britânico chamado Orde Charles Wingate, cujo meio de transporte favorito era o camelo e que era conhecido por usar um despertador em torno do pulso que soava em momentos apropriados ao longo do dia para lembrá-lo de coisas a fazer. Na emboscada, o camisa-negra engajou-se num combate corpo-a-corpo com o Lance Kofur Abdulazeez Damisa,[4] 23ª Brigada Nigeriana, um aterrador gigante com a face marcada. O *soja*[5] fascista se lançou para desalinhar os contornos das marcas tribais do rosto de Damisa, e arrancou sua orelha, numa tentativa fracassada embora corajosa de rasgar a garganta do africano com um fuzil de ferrolho Carcano M38 equipado com uma baioneta. O camisa-negra foi ao encontro de seu criador com a cabeça decepada do corpo, e o Lance Kofur Damisa procurou em vão por sua orelha perdida e foi nomeado samanja. Mais tarde, quando a Gideon Force conseguiu chutar as tropas de Il Dulce para fora da Abissínia, Damisa foi imortalizado numa fotografia em que trocava um aperto de mãos com o imperador Haile Selassie e abria o rosto castigado por batalhas em um sorriso de escancarada alegria.

---

[4]"Lance Corporal": graduação entre soldado e cabo no exército britânico. (*N. da T.*)
[5]"Soldier": soldado. (*N. da T.*)

Samanja Damisa era o herói de Ali Banana. Era 12 anos mais velho que Banana e estivera em mais lugares e fizera mais coisas do que qualquer pessoa que Banana havia conhecido. Ele podia dizer "bom dia" e "olá" e "que bela *panga*" em suaíli, e muitos palavrões em italiano, e "você é tão linda" em tigrina e amárico, e praticamente tudo que queria dizer em inglês, francês de quartel, iorubá de mercado e fulani de aldeia. Sua língua materna, que também era o idioma de Ali Banana, era o hauçá.

E era em hauçá que ele com frequência e grande paciência explicava coisas ao Farabiti Banana, cujo inglês não passava de "small-small" mas que desabou no chão mais rápido que todos os presentes na primeira vez em que ouviu o grito "Take cover!". Isto aconteceu durante uma de suas sessões de treinamento na Índia, numa base junto ao distrito nordeste de Hailakandi, um dia depois que Banana foi enviado do quartel-general da África Ocidental em Chiringa para reunir-se ao 12º Batalhão, Regimento da Nigéria.

3

Antes de se apresentar ao 12º RN, Banana esteve por uma semana em um hospital de campanha de Bombaim, deixado ali por seu próprio batalhão, o 5º RN, para se recuperar de um inconveniente episódio de catapora. Quando finalmente se viu livre das bolhas feiosas porém inofensivas e foi declarado pronto para se reapresentar a seu batalhão, eles já estavam em Burma, e já disparavam os primeiros de muitos tiros em fúria. A operação envolveu enxotar uma companhia japonesa, a custo de um pelotão. Também sobreviveram a uma emboscada, perdendo cinco mulas, dois homens que foram gravemente feridos e um elefante que disparou selva adentro com seu condutor nas costas.

Banana deixou Bombaim e viajou de trem a Chiringa, uma cidade na região de Bengala onde se localizava o quartel-general e a Base de Retaguarda da África Ocidental. Em

Chiringa, ficou sabendo que o 5º NR mandaria buscá-lo quando o tempo, as complexas logísticas de mobilização de tropas e o espinhoso assunto do espaço em aviões Dakota C-47 coincidissem para prover meios de devolvê-lo ao batalhão. Em outras palavras, os camaradas estavam passando muito bem sem ele, obrigado, por perguntar.

Banana esperou durante todo um mês na base, e não recebeu nenhuma resposta. Fazia uma visita ao Departamento Pessoal todos os dias sem falta, implorando, importunando e exasperando os suboficiais do lugar.

Imperiosamente informava aos suboficiais que não tinha viajado toda a distância de Kaduna a Lagos, de Lagos a Freetown, de Freetown a Darban e todo o caminho para a Índia apenas para voltar à Nigéria com lendas de vitórias sobre a catapora.

— Eu aqui pra luta na Boma — declarou Banana. — Eu aqui pra matá os janponisi.

Em vez disso, ele se viu comendo curry de manhã, de tarde e de noite. Nunca tinha visto tanta comida em sua vida. Em certa manhã, ele apareceu no Departamento Pessoal, marchou diretamente até o suboficial hauçá em serviço, bateu uma continência breve porém irrepreensível e finalmente começou a culpar o homem por tudo que tinha dado errado para ele desde que chegara à Índia. Os três suboficiais que assistiam ao diálogo perguntaram a seu colega nigeriano o que dizia o Farabiti Banana, cuja eloquente e fervorosa diatribe tinha sido emitida em hauçá, e por que o sipai[6] dava tapas repetidos no próprio estômago.

---

[6]Soldado ou policial nativo da Índia ou da África. (*N. da T.*)

O suboficial nigeriano, um homem de maneiras educadas que tinha sido professor primário em Jos, explicou a situação aos outros.

— O Artilheiro Banana — disse ele — me julga responsável por transformá-lo num glutão.

— O nome dele é mesmo Banana? — perguntou o nativo da Costa do Ouro.

— Temo que sim. Seu nome é Ayaba, o que em hauçá significa banana. O soldado Banana diz que ganhou esta pança por minha culpa. Sempre que vem aqui para pedir o retorno a seu batalhão, segundo diz, eu me livro dele mandando-o para a cantina. Ele quer ir para Burma. Fará greve de fome até que providenciemos seu retorno ao batalhão em Burma.

Obviamente, a coisa era séria.

— Por que ele não pode voltar ao batalhão? — perguntou o suboficial do Gâmbia.

— Por nenhuma razão — disse o nigeriano com um suspiro. — Mas seu pelotão não o aceita de volta. Estão convencidos de que ele vai passar catapora para o grupo. Tentei explicar a eles que o praça está totalmente curado e não há possibilidade de contaminar ninguém. Enviei o relatório da junta médica, mas eles não acreditam em nada. Ignorância. Ignorância e superstição. Mas vocês conhecem nossa gente.

— Já explicou isso ao Sipai Banana?

— Expliquei a ele... — O nigeriano tossiu e limpou a garganta. — Expliquei ao Sipai Banana que seu pelotão... está ansiosamente esperando para vê-lo.

— Em outras palavras, você mentiu de cara lavada — retrucou o serra-leonês.

— Os garotos do grupo dele são todos da mesma aldeia — explicou o samanja nigeriano. — Acham que ele é um excelente camarada, mas estão aterrorizados em pegar catapora. O comandante da tropa é da opinião de que a moral de seus homens vem acima de tudo. Ele prometeu pessoalmente que providenciaria para que eu perdesse meus distintivos se meu amigo gorducho aqui voltasse ao 5º RN num passe de mágica. O que o tenente não me disse foi o que fazer com esse pentelho grávido.

— E o Sipai Banana está determinado a ver ação?

— Totalmente obcecado.

— Aí está um verdadeiro artilheiro — disse o serra-leonês, fitando o Farabiti Banana com simpatia. — Você conhece o ditado: "A única maneira de sair da Infantaria é numa maca ou a sete palmos debaixo da terra." Aqui está um camarada que leva a coisa a sério.

O gambiano correu a mão por seu cabelo prematuramente escasso.

— Acho que tenho a solução — disse ele. — Vamos mandá-lo para Hailakandi.

— Hailakandi? — disse o serra-leonês. Na verdade, não era uma pergunta. — Quer dizer, mandá-lo para os chindits?

— Por que não? — perguntou o gambiano.

— Mas os chindits, sargento? Os chindits!

— Qual é o problema com eles, Havildar? — Um havildar era o equivalente a um sargento no exército indiano.

— Havildar, o senhor consegue ver este belíssimo exemplar de soldado, com uma pança do tamanho de uma conga, marchando por mil milhas através de Burma? É a distância que cada homem da última expedição chindit teve que cobrir a pé. E cada um deles carregava um equipamento que pesava 35 quilos.

— Não sei — respondeu o gambiano. — O que sei é que, se perder um homem, o 12º RN em Hailakandi terá uma crise em seu pelotão de transporte animal. O que seu homem entende de mulas?

O suboficial da Nigéria perguntou ao Farabiti Banana o que ele sabia sobre mulas.

— O sipai não entende nada de mulas. Porém... — ele pausou para ouvir o Farabiti Banana, cujos olhos se iluminaram com a pergunta — antigamente ele sonhava em ter um cavalo. Guardou dinheiro para isso durante muitos anos, mas acabou recebendo um burro de um vigarista que levou seu dinheiro sob falsos pretextos. Ele levou o caso ao chefe da aldeia, mas deveria ter imaginado que seria uma perda de tempo. O chefe e o vigarista eram parentes por casamento.

— E o que ele disse sobre o mercador do chefe? — perguntou o gambiano, que tinha aprendido algumas palavras de hauçá entre mascates nigerianos em Bajul. — Ele disse *dan kilaki*.

— *Dan kilaki* significa filho-de-mercadora — explicou o nigeriano. — É um termo hauçá de insulto. Significa filho-de-uma-mulher-que-vende-seu-corpo-por-dinheiro.

— As mercadoras da Nigéria são prostitutas? — elucubrou o serra-leonês.

— É uma expressão de insulto — repetiu o nigeriano com impaciência.

— O que o sipai fez com seu burro? — perguntou o homem do Gâmbia, ansioso por evitar uma discussão.

— Ele o equipava com sela e arreio e o cavalgava como se fosse um cavalo — respondeu o nigeriano. — O animal serviu-lhe bem, e com o tempo ele percebeu que Deus usou o vigarista para presenteá-lo com um servo leal. Infelizmente, o burro foi roubado por um bando de saqueadores...

— *Kafirai tsirara a kan kafirin dokuna* — declarou o Farabiti Banana, enxotando uma mosca do nariz.

— Infiéis nus em pelo montando cavalos excepcionalmente velozes — traduziu o suboficial da Nigéria, palavra por palavra. — Eram de uma aldeia vizinha. Os senhores podem perguntar, diz ele, o que em nome de Deus um bando de infiéis pelados como seus cavalos xucros queriam com um simples burro. Bem, segundo ele, os ladrões comeram o burro, foi o que fizeram com o bicho. Fizeram um delicioso banquete de burro, os boçais sem Deus.

Depois do relato, Banana recaiu num silêncio desolado. Mas não por muito tempo.

— Por que o Samanja Mackaley está perguntando ao Farabiti Banana sobre mulas? — exigiu saber. Banana tinha uma forma ligeiramente desconcertante de se referir a si mesmo subitamente na terceira pessoa.

— Continuo lembrando a você, soldado, eu sou um sargento, e não um sargento-maior — respondeu o Samanja Mackaley.

— Pela graça do Santo Profeta Maomé, que a bênção e a providência divina estejam com ele, todo samanja é um samanja — Banana informou altivamente ao nigeriano num tom indicativo de que ele não tinha nenhum interesse em seguir debatendo o assunto.

Samanja Mackaley balançou a cabeça em grande assombro e se voltou aos outros três samanjas condecorados.

— O 12º RN perdeu um muladeiro para uma víbora na semana passada — disse ele. — Sugiro que enviemos o praça Banana como substituto.

— Mulas? — Ali engasgou como se tivesse sido picado por uma saúva. — Sabem quem sou? Eu sou o filho de Dawa, o rei dos cavadores de poços cujo abençoado nariz podia farejar água em Sokoto enquanto ele estava nos confins de Saminaka. Sou filho de Hauwa, cuja mãe era Talatu, cuja mãe era Fatimatu, rainha do bolo molhado kulikuli, cuja lembrança ainda hoje faz brotar água nas bocas dos velhos. Nosso povo diz que a distância é uma doença; só a viagem pode curá-la. Acham que Ali Banana, filho de Dawa, bisneto de Fatimatu, cruzou o grande mar e viajou até aqui com o rifle atado ao ombro para cuidar de mulas?

4

Três dias depois, Farabiti Banana, viajando em riquixá, trem e caminhão e amuado por todo o trajeto, chegou em Hailakandi. Ele foi direto ao primeiro oficial que viu e se largou num discurso.

— Kyaftin, senhor — começou Banana. — Posso lhe fazer uma pergunta? Há algo em minha postura que me distingue como carroceiro? Por acaso Ali Banana parece um cuida-mulas ao senhor? Eu faço estas perguntas, Kyaftin, senhor, porque seus homens em Chiringa me disseram que minhas habilidades de artilheiro, pelas quais fui convidado a esta terra por seu grande mestre Kingi Joji[7] em pessoa, já não são necessárias. Agora devo passar meus dias cuidando de uma mula. Pergunte a qualquer um, Kyaftin, senhor, não

[7]"King George", Jorge VI, Rei do Reino Unido de 1936 a 1952, ano de sua morte. (*N. da T.*)

sou mau. Não sou daqueles que dizem: "Asse para mim uma mandioca, e pode ficar com a casca". Mas, Kyaftin, senhor, se me tiram minha arma e me encarregam de uma mula, assim como Deus é Deus e o Profeta é Seu profeta, a mula vai sofrer. Ela vai sofrer, Kyaftin. Vai sofrer tanto que no dia do juízo, quando souber que eu, Ali Banana, fui admitido no paraíso, ela vai retrucar: "Não se eu estivesse lá." Não estou dizendo nada que já não tenha dito antes. Seus homens em Chiringa simplesmente riram de mim e me chutaram para este lugar. Mas suas risadas não me incomodaram. Quando riram de mim, eu fui como o pote no conto do escorpião e do pote: "É um mundo tão insensível", disse o escorpião quando tentou picar o pote. Por outro lado, tenho respeito pelo escorpião, pois, como diz o ditado, quem zomba daquele que é pequeno nunca pisou num escorpião. Estão zombando de mim porque sou pequeno? Certamente não pode ser porque não falo sua língua. Tentei aprender, eminência, Deus é minha testemunha. Mas a cada vez que começo do *a* ao *z*, eu me perco em algum lugar entre β e δ, e minha cabeça dói e eu tenho que descansar para me recuperar. Que o senhor tenha vida longa, Kyaftin, senhor.

Os olhos insones do kyaftin pairaram no Farabiti Banana por longo tempo depois que ele terminou seu discurso. O kyaftin parecia ou irritado ou divertido; Banana não sabia dizer. O kyaftin girou nos calcanhares e chamou um homem robusto e alto com uma orelha faltante que se ocupava em limpar um fuzil do lado de fora de uma das muitas tendas que pontilhavam a base, agitando-se ao vento como inúmeras espigas de trigo. O samanja de uma orelha só baixou a arma cuidadosamente e limpou o suor do rosto com uma flanela laranja. Ele se aproximou dos dois, passando entre as aglomerações de oficiais britânicos, birmaneses, nepaleses e nigerianos, e homens se apressando de um lado para outro, e mulas e pôneis perambulando decididamente pela base, todos imersos numa atmosfera empoeirada e suada de reprimida tensão.

— Sargento, nós requisitamos um muladeiro de Chiringa? — perguntou o kyaftin ao samanja em impecável hauçá.

O samanja parou empertigado e rijo, assomando sobre o kyaftin tanto quanto sobre Banana, cujo choque com o hauçá do kyaftin o deixou sem palavras.

— Não que eu saiba, senhor — respondeu o samanja.

— Soldado Banana — disse o kyaftin. — É um sotaque zazau o que estou detectando? Você vem de Zaria?

Banana deu um salto de alegria e sua língua, não mais contida, jorrou palavras.

— Como o kyaftin sabe? — exultou ele. — Eu nasci em Saminaka. Mas, quando fiz sete anos, meu pai me mandou a Zaria para aprender o ofício de ferreiro. Meu mestre era um homem duro.

Ele desabotoou sua camisa cáqui e mostrou os queloides semelhantes a serrotes gravados em suas costas pelo chicote de seu mestre.

— Mas não chamei nenhum outro lugar de lar até seis meses atrás, quando meus dois melhores amigos, Yusufu e Iddrisi, cujo mestre Suleiman, o latoeiro, era um desgraçado ainda maior que o meu, vieram a mim em certa noite enquanto eu me sentava embaixo do baobá atrás do terreno de Hamza, filho de Abu-açougueiro e ele mesmo também açougueiro, assim como seu avô e o pai do avô antes dele.

Eu estava sentado embaixo daquela árvore logo atrás do terreno de Hamza, desfrutando da brisa e agradecendo a Deus por criar estrelas de tanta beleza para aliviar a tristeza de minha existência, pois logo antes da chamada para a prece daquela mesma noite minhas costas tinham provado o couro do chicote de meu mestre. "Ali", disseram Yusufu e Iddrisi, "você ouviu a história do dia?" Bem, acontece que eu tinha acabado de sair da praça da aldeia onde Gizo-gizo, o corcunda albino, estava recitando mais uma de suas maravilhosas histórias do anoitecer. Imaginando que o mestre dos meus amigos tinha obrigado os dois a perder Gizo-gizo como punição por uma ou outra ninharia, pois a mesquinhez daquele homem só encontrava rival na de meu mestre, fiz para eles o que eles teriam feito por mim se eu tivesse perdido o conto do albino: cruzei as pernas, quebrei uma noz-de-cola, passei-a na roda louvando o nome de Deus Misericordioso e Beneficente e comecei a contar a meus amigos a história daquela noite como eu lembrava.

"Para começar a história, eu disse 'Em nome de Deus Compassivo e Misericordioso' e 'Que a paz de Deus esteja com ele, acima do qual não há profeta'. Um dia, uma mulher estava caminhando com seu filho quando um pássaro no céu necessitou fazer suas necessidades na cabeça dela. Mãe e filho continuaram em seu caminho até que encontraram um rebanho de bois e lá o menino viu a bosta grossa caída na grama. 'Mãe', disse o menino, 'não é uma coisa boa que Deus não tenha colocado vacas no céu?' Isso é tudo, eu disse. Fim de papo.

"Mas, assim que terminei de contar a história, em vez de agradecimentos ou mesmo um sorriso, tudo que recebi por meu esforço foi uma cacetada na cabeça. 'Idiota', disseram eles, 'essa não foi a história do dia.' Bem, eu tive que admitir, o jeito de contar do corcunda era muito melhor. Mas quem no mundo pode contar uma história como Gizo-gizo, o albino corcunda da voz de mel? 'Idiota', disseram eles, 'esqueça Gizo-gizo. A história do dia é que Kingi Joji, monarca de Ingila, está lutando uma guerra num lugar chamado Boma e deseja nossa ajuda. Ele quer que todos os homens de corpo capaz partam para Kaduna e se unam a seu grupo de guerreiros.' Bem, verdade seja dita, eu fiquei muito surpreso com o chamado de Kingi Joji, e até aquela noite eu nunca tinha ouvido falar de uma terra chamada Boma. Nem Yusufu e Iddrisi, mas eles já tinham decidido responder ao chamado do rei e ir para Kaduna. Tudo que queriam saber antes de partir era se eu queria ir com eles. Minha história é longa mas vou encurtar. Naquela mesma noite, Yusufu, Iddrisi e eu partimos a pé e viajamos, como o corvo voa, na direção de Kaduna."

Mas Banana não estava exatamente terminando. Ele prosseguiu, contando tudo o que lhe acontecera desde que chegou à Índia havia seis semanas, com Yusufu, Iddrisi e todos os outros jovens de Zaria que correram para responder ao chamado de Kingi Joji assim que viram Ali Banana e seus dois amigos de volta à aldeia algumas semanas depois de se alistarem no exército exibindo seus fabulosos uniformes de tons cáqui: a camisa verde-terroso com botões negros de casca de palmeira, as "bermudas longas" que terminavam logo abaixo dos joelhos e o quepe de veludo verde com uma borla no topo. E nos pés os garotos estavam equipados com uma bota de desenho especial, em "estilo tropical", como murmuravam embaraçosamente alguns oficiais, ampla e arredondada dos lados, sugerindo o formato de um barco. De fato, quando Ali e seus amigos marcharam orgulhosamente pelas ruas de Kaduna com estas botas, pareciam estar usando uma frota de barcos nos pés, e que poderiam navegar no rio Kaduna se pulassem nele e o vento estivesse forte o bastante.

Ali, cujos pés diminutos nunca tinham usado sapatos antes, ostentava-os com grande orgulho. Seu ritual de cada manhã consistia em preces matutinas, treinamento, café-da-manhã e polir os sapatos. Ele pegava uma bota de cada vez, retirava a suave capa de poeira com um trapo úmido, pingava uma ou duas gotas de óleo de amendoim numa bola de lã e esfregava o sapato até que brilhasse como o espelho da cabana dos oficiais. Tinha tanto orgulho de seus sapatos, e estava tão ansioso para exibi-los, que logo divisou melhor maneira de apresentá-los a seu público: em vez de usá-los nos pés — ou melhor, verdade seja dita, porque ele achava que pés descalços eram muito mais confortáveis —, ele passou a pendurar as botas pelos cadarços em torno do pescoço. A prática se tornou tão popular entre o público que logo, e para ligeira consternação dos oficiais britânicos, se tornou moda entre os garotos usar os sapatos pendurados no pescoço, e não nos pés. Naquele ano, em certas partes de Kaduna, uma cidade em que todos conheciam alguém que fora convidado especialmente por Kingi Joji a viajar para Boma e quebrar a cara dos janponisi, nenhum rapaz que se prezava subiria em sua bicicleta Raleigh para uma noitada sem seu colar-quartel, como ficou conhecido, reluzindo no pescoço.

5

— Onde ele aprendeu a falar hauçá tão bem? — Banana perguntou a Damisa mais tarde naquela noite, enquanto preparava sua esteira de bambu num canto da tenda que o samanja designou para ele.

— Quem?

— Kyaftin Gillafsie.

— Na terra hauçá.

Ele notou uma esteira em outro canto da tenda.

— De quem é aquela esteira?

— Pash.

— Ele não está aqui.

— Bem observado.

— Onde ele está?

— No turno de sentinela.

— Ele deve ter ficado lá por um bom tempo.

— Do que você está falando? — O samanja estava tentando dormir.

— Do Kyaftin Gillafsie. Ter aprendido a falar tão bem.

— Tempo suficiente.

— Ele não fala como um homem branco.

— Não?

— Não. Ele fala exatamente como nós.

— Talvez seja porque ele nasceu em Kano.

— Ah! Bem, isso explica tudo, não é?

— É por isso que ele não despachou você de volta a Chiringa, onde tenho certeza de que eles poderiam ter lhe dado melhor serventia do que jamais poderemos dar aqui. Se o Kyaftin Gillafsie tem um grande defeito, é um coração bom demais.

— E como isso pode ser um defeito, Samanja?

— Pensando bem, ele não tem que aturar seu falatório infinito enquanto tenta tirar um cochilo antes de se apresentar na forma.

— O que é forma?

— Você saiu dos cafundós de Zaria para combater por Kingi Joji e não sabe o que significa entrar em forma?

— As coisas que não sei, Samanja, que Deus lhe dê uma mão próspera, encheriam um livro duas vezes maior que o Livro Sagrado, que Deus, que coloca palavras em minha boca e que certamente me fará responder por elas, me perdoe. Ofendi o senhor, Samanja?

— Por que acha que ofendeu?

— Então por que o senhor fala comigo o tempo todo como se eu fosse uma criança? Não fez nada além de me ignorar desde que nos conhecemos esta tarde. Não me olhou nos olhos nem mesmo uma vez.

— Quantos anos você tem?

— Anos suficientes para estar no exército, Samanja, senhor. Que Deus lhe dê quatro esposas, se o senhor ainda não tem quatro. E quarenta filhos, presumindo que ainda não tem quarenta. E riqueza para sustentar todos com esplendor.

— Você é uma figura e tanto, não? Quantos anos tem, Farabiti?

— Dezessete no último Ramadã.

— Quantos anos você tem, Farabiti?

A voz do Farabiti Banana vacilou.

— Dezesseis, Samanja. Tenho 16 anos de idade.

Samanja Damisa estava conversando com as costas viradas para Banana.

— Você realmente parece ter 16 — respondeu ele, e logo acrescentou: — Mas, de verdade, Farabiti, quantos anos tem?

Finalmente admitindo derrota, a voz baixando a um sussurro, Banana disse:

— Nasci no oitavo dia do mês do Ramadã no ano de 1348,[8] que foi uma Jumma'a.[9]

Damisa fez uma rápida equação mental. Sexta-feira, 7 de fevereiro de 1930.

[8]"Ano 1348" no calendário islâmico, que começa a ser contado a partir do dia 16 de julho de 622 da Era Cristã, que marca a fuga de Maomé de Meca a Medina. O ano do calendário islâmico tem cerca de 11 dias a menos que o calendário gregoriano, o que explica por que não se deduz o ano islâmico apenas subtraindo 622 anos do calendário gregoriano. (*N. da T.*)
[9]Jumma'a: sexta-feira em hauçá. (*N. da T.*)

Agora Damisa se virava em sua esteira e encarava Banana do outro lado da tenda.

— Isso significa que você tem 13 anos, Farabiti.

— Quatorze... dentro de alguns meses — suplicou Banana.

Ele estava curvado em sua esteira, a cabeça apoiada nos joelhos dobrados, as mãos apertando as pernas.

— O senhor não vai contar ao kyaftin, vai? Por favor, não conte a ele. Por favor, não conte a ninguém. Será o meu fim se o senhor contar. Eles vão me mandar de volta para casa. — Ele tremia. — Vão me mandar para casa — repetiu ele, desolado.

— Pare de chorar, Ali — disse Damisa gentilmente. — Querer ser um homem não é pecado.

— Mas não foi por isso que eu me alistei — explicou Banana desconsoladamente. — Eu me alistei por causa de Yusufu e Iddrisi. Nós crescemos juntos. Assim como eu, eles foram mandados a Zaria quando não passavam de crianças e, embora tivessem alguns anos a mais que eu, eram meus melhores amigos. Não conheço nenhum de meus irmãos ou irmãs. Yusufu e Iddrisi são os únicos irmãos que conheço. Só me alistei porque eles se alistaram.

— É uma razão tão boa quanto qualquer outra — respondeu Damisa.

Mas sua compreensão só parecia deixar Banana ainda mais desesperado. Ele agora se desfazia em lágrimas, jogando os braços no ar e soluçando.

— Tem uma coisa que eu não disse ao kyaftin hoje — disse Banana quando parou de chorar. — Eu não disse que sei por que Yusufu e Iddrisi e os outros não mandaram me levar para Burma quando eu estava em Chiringa. Os suboficiais ficavam me dizendo que não havia espaço em nenhum dos aviões de suprimentos que saíam da base todos os dias para a linha de frente. O que eles não sabiam é que, quando eu estava no hospital com aquela terrível catapora em Bombaim, Yusufu e Iddrisi me visitaram pouco antes de partirem para Burma. Eles viviam repetindo desde que saímos da Nigéria e por todo o caminho à Índia que não achavam certo que eu me juntasse ao exército. Não estavam incomodados com o fato de que menti sobre minha idade, mas porque pensavam que eu era só uma criança. Diziam que era errado que um menino da minha idade fosse combater em Burma.

— E por acaso não sabiam quantos anos você tinha quando foram chamá-lo para ir com eles e se alistar no exército?

— Bem — disse Ali humildemente. — Yusufu e Iddrisi não me chamaram exatamente para ir com eles naquela noite. Na verdade, riram da minha cara quando perguntei se eu podia ir com eles. Tive que esperar um mês inteiro antes de ir sozinho para Kaduna e me apresentar no posto de recrutamento. Eles não ficaram satisfeitos quando descobriram que eu tinha me alistado. Até ameaçaram contar ao comandante que menti sobre minha idade, mas eu sabia que não contariam. E, mesmo que contassem, seria a palavra deles contra a minha. Afinal, no dia em que me alistei, havia pagãos em minha fila que simplesmente deram de ombros quando o samanja escrivão perguntou suas idades, respondendo que não sabiam; o samanja escrivão media os garotos com os olhos e dizia: "Vou colocar 18" ou "O idiota do meu sobrinho tem 18. Você tem a mesma altura e é mais forte que aquele imprestável filho-de-mercadora; então, vou colocar 19." Eu nem cheguei lá com intenção de mentir. Foi só quando ouvi o samanja escrivão gritando furiosamente com o homem na minha frente que meu coração afundou até o chão embaixo de meus pés. "E daí que você tem barba?", gritava o samanja escrivão para o homem na minha frente. "Meu cabrito tem barba. Isso faz com que ele tenha 16 anos? Estúpido filho-de-mercadora, volte no ano que vem." E ao ver a infelicidade deste colega, que não parecia ter nem um dia a mais que 12 anos, pobre coitado, falei para o samanja escrivão que tinha 17. Ele disse que eu parecia ter 16. Respondi que o cabrito dele devia ser mais velho que eu, já que eu não tinha nenhum fiapo na cara, muito menos uma barba. Ele riu, me chamou de filho-de-mercadora, mas deixei para lá; a honra de minha mãe é sagrada para mim, mas eu sabia que ela entenderia, e eu não tinha caminhado de Zaria até Kaduna para trocar insultos com um homem que tinha um fuzil logo ali a seus pés. Depois que ele terminou de rir de mim, perguntou meu nome, a cidade de onde eu vinha, se eu já tinha sofrido da moléstia do frio e se tinha sido curado e quantas esposas eu tinha. Eu dei meu nome e disse de onde vinha. Quanto às últimas três perguntas, também disse a verdade: que não tinha esposa e que não via nenhuma razão para me curar de uma doença que nunca me pegou em sua teia. Fiquei parado, vendo enquanto ele anotava tudo o que eu dizia em sua prancheta. Finalmente ele disse: "A esposa mais nova do samanja alfaiate teve gêmeos esta manhã e ele não está disponível para providenciar seu uniforme. Mas o samanja sapateiro está logo ali. Vá até lá para que ele tire a medida dos seus pés." Mas, Samanja, desde o dia em que me alistei, Yusufu e Iddrisi tinham a cabeça feita contra mim. E eu não ajudei muito a situação quando perguntei a eles o que tinham dito ao samanja escrivão quando ele perguntou sobre a doença do frio. Pois aquela secreção amarela e gelada do pênis tinha mandado os dois correndo em agonia para a casa de Hajia Binta, o herbanário, não apenas uma mas duas vezes só naquele ano. Nem preciso dizer que a moléstia chegou a eles pela casa de Jummai, a mercadora, que toda noite se casava com um homem diferente e às vezes até dois, se o primeiro tentasse enganá-la com o velho truque de dizer que tinha esquecido a carteira no barbeiro. Mas eu só levantei o assunto da prostituta e a pingadeira que pegaram dela para mostrar a Yusufu e Iddrisi que eu também sabia guardar segredo. Calei a boca deles até que subimos no grande barco e viajamos para a Índia. Mal tínhamos colocado o pé na terra quando meu corpo ficou todo coberto de bolinhas. Aí eles me disseram: "Está vendo? Deus tinha um navio inteiro para escolher, mas quem foi o único entre todos nós que Ele puniu com a catapora?" Foi a última vez que falei com eles.

— Mas você disse que eles foram visitá-lo no hospital.

— Isso foi antes que o 5º RN voasse para Burma. Eles realmente foram me visitar, mas deixei os dois falando sozinhos. Tinham vindo para me dizer que eles e todos os outros garotos de Zaria pensaram juntos e decidiram que, assim que eu deixasse o hospital, deveria confessar aos oficiais no quartel-general em Bombaim e dizer que menti sobre minha idade. Falaram que, para meu próprio bem, diriam ao comandante de nossa companhia e a todo mundo interessado em ouvir que tinham medo de que eu passasse catapora para eles se eu retornasse. Diriam a todos os oficiais brancos que acreditavam que eu amaldiçoaria toda a seção, além de contaminá-la, se permitissem minha volta.

— Por que você não confessou quando deixou o hospital?

— Eu quase confessei. Mas aí decidi que, se eu era bom o bastante para ser o melhor atirador do pelotão quando estávamos em treinamento em Kaduna, então eu tinha idade suficiente para carregar um fuzil e combater os janponisi. E eu realmente era a melhor mira do pelotão, Deus é minha testemunha. Ai, ai — suspirou ele tristemente, parecendo resignar-se a seu destino. — Acho que agora é questão de corte marcial para mim.

Samanja Damisa olhava para Banana à luz fraca do lampião no meio da tenda.

— Um menino se torna homem quando ele sente que é um homem. Um homem de 40 pode continuar sendo criança se não decidiu ser um homem. Eu mal tinha 14 anos quando consegui meu primeiro emprego. Seu segredo está seguro comigo.

— Que Deus coroe sua cabeça de sucessos! — disse Banana, os olhos transbordando novamente.

Banana ficou efusivo com gratidão e não demorou a reencontrar sua personalidade falastrona.

— Os suboficiais em Chiringa disseram que este regimento era parte de um batalhão especial chamado Coma-Algo ou coisa parecida.

A palavra hauçá para comer é *ci*, pronunciada com um "h" entre as duas letras.

— Chindits — esclareceu Damisa, já começando a se arrepender da promessa que acabava de fazer.

— Isso mesmo. Eu sabia que tinha alguma coisa a ver com comer.

— Não tem nada a ver com comer.

Como se ouvisse um sinal, o estômago de Banana emitiu um alto ronco.

— Há um pouco de kulikuli naquela bolsa encostada na parede — disse Damisa, apontando com a cabeça. — Sirva-se.

Banana não podia acreditar em seus ouvidos.

— Kulikuli aqui na Índia? Deus é realmente grande.

Enquanto desmanchava os deliciosos bolinhos de amendoim entre os dentes, ele continuava a balançar a cabeça em assombro, soltando risadinhas entusiasmadas.

— O senhor trouxe todos eles desde sua casa até aqui? — perguntou Banana.

— Farabiti Danja trouxe consigo. Foi presente de despedida da mãe dele.

— O senhor ficaria surpreso se soubesse o que alguns garotos queriam trazer na viagem — disse Banana, mastigando ruidosamente e arrotando enquanto comia. — Enquanto estávamos no mar, mais de 40 quilos de dawadawa foram encontrados embaixo da cama de Aminu Yerwa depois que os homens que dormiam na mesma cabine começaram a reclamar do fedor. O dawadawa se estragou na cabine abafada, e tinha vermes se multiplicando dentro deles. — O dawadawa, um condimento feito de alfarrobas fermentadas, era bastante acre mesmo quando fresco. — Quando o comandante perguntou a Aminu por que ele tinha trazido tanto dawadawa, ele respondeu que esperava guardar um pouco para si e vender o resto em pequenas porções aos garotos quando chegássemos à Índia.

Damisa suspirou. Já tinha ouvido uma dúzia de variações daquela história. Mas não era por isso que suspirava. Em vez de aplacar a fome e mandá-lo para o sono, o kulikuli acelerou a língua de Banana e agora parecia que ele continuaria falando eternamente.

— Ouvi tantas vozes hauçás quando estava procurando pela prece de hoje — anunciou Banana, remexendo-se de lado para soltar um peido alto que atribuiu, com flagrante satisfação, ao sublime kulikuli. — Pensei que estava de volta a Kaduna. — Era evidente que ele estava prestes a se lançar em uma nova história.

— Farabiti? — disse Damisa.

— Sim, Samanja?

— Sua boca nunca para de falar?

— Só quando estou dormindo. Mas mesmo assim...

— Vá dormir, Farabiti. Vá dormir. — Damisa se inclinou para a frente e soprou o lampião.

— Mas eu falo até quando estou dormindo. Eu digo todo tipo de coisas — continuou Banana no escuro. Logo acrescentou: — Obrigado, Samanja, por ser tão bom para mim. Só tenho mais duas perguntas antes de deixá-lo em paz.

— Quais são?

— A primeira pergunta é esta: os samanjas de Chiringa disseram que os chindits executariam uma operação especial. Que operação especial é essa?

— Ninguém sabe. Só não há dúvidas de que estamos indo para Burma. Quando partimos e para que lugar de Burma, ninguém sabe. Qual é a segunda pergunta?

— O emprego que o senhor conseguiu quando tinha 14 anos.

— E daí?

— Qual era?

— Não era nada na verdade. Só um trabalho na prisão.

— O samanja era carcereiro quando tinha 14 anos?

— Não exatamente carcereiro.

— E o que era?

— Trabalhava no corredor da morte. Eu era aprendiz de carrasco na Prisão de Sokoto.

Banana riu nervosamente.

— O senhor só está querendo me assustar.

— Não, não estou — respondeu Damisa. — Durma bem, Farabiti.

Nenhuma palavra tornou a sair da boca de Banana pelo resto da noite. Nem mesmo quando ele caiu no sono.

6

Os sete dias seguintes se mesclaram numa espécie de bruma — os exercícios eram longos e extenuantes; ao fim de cada dia, Banana desmaiava assim que retornava à tenda e se arrastava até a esteira. A forma parecia chegar mais cedo a cada dia, e os exercícios pareciam durar mais e mais. Ao fim daquela semana, já não havia noite em que Banana conseguisse ter mais que três horas de sono. Seu estômago se rebelou diversas vezes.

Ao fim da segunda semana, Banana parou de vomitar.

Porém, uma persistente frouxidão dos intestinos, combinada com surtos de tontura, ameaçou tirá-lo de ação. Certa manhã, ele teve um vislumbre de si mesmo num espelho e descobriu que seu rosto, negro como piche desde o dia em que nasceu, estava se tornando amarelo. Ele correu imediatamente à tenda dos médicos, mudou de curso a meio caminho porque suas tripas anunciaram a súbita intenção de borrar-lhe as calças e terminou marchando freneticamente de um lado para outro numa imensa fila de homens incontinentes com rostos amarelos que também aguardavam desesperadamente por sua vez de usar os fossos sanitários. Enquanto Banana se contorcia na fila, as nádegas firmemente comprimidas, ele examinava os que emergiam das latrinas e notava que eles também tinham uma coloração amarelada na pele.

Godiwillin Nnamdi, filho de um professor primário de Onitsha que se alistou no exército para desafiar o pai por alguma ninharia que ele já nem conseguia lembrar, anunciou agourentamente que, logo na semana anterior, dois nacionalistas da Índia, que não queriam nem britânicos nem japoneses em seu país, mas preferiam os japas se pudessem escolher, foram pegos tentando envenenar o suprimento de água da base. Godiwillin escreveu sobre isso numa carta a seus pais. O pai escreveu de volta dizendo que só gostaria que Godiwillin tivesse seguido seus conselhos e usado seu diploma de conclusão do ensino médio para tornar-se professor em vez de assassino de homens. Ele disse ao filho que sua irmã Blessing tinha acabado de receber seu certificado de enfermeira e que seu irmão Godwin tinha ingressado no Seminário São Paulo em Igbarian, e que a família inteira se lembrava de Godiwillin todas as noites à hora das orações. A resposta do pai nunca passou pelo crivo do censor; Godiwillin jamais chegou a vê-la.

Quebla Yahimba, um tiv[10] de Gboko, disse que também ouviu falar sobre o caso, mas que não passava de latrinografia; uma história começada, como frequentemente começavam, enquanto os homens estavam agachados lado

[10]Etnia da Nigéria. (*N. da T.*)

a lado respondendo ao chamado da natureza. O nome completo de Quebla era Jerome "Quebra-Garrafa" Yahimba. Jerome, que completaria 18 anos em seu próximo aniversário, era careca desde o dia em que nasceu. Ganhou o apelido "Quebra-Garrafa" em seus incontroláveis anos de adolescência — precisamente entre as idades de 14 e 16 —, quando costumava despedaçar cacos de garrafas quebradas na careca para ver o espanto na cara dos outros. A língua de Quebla por vezes tinha o hábito de trocar a letra *r* por *l*. Como resultado desta peculiar inflexão, ele anunciava o nome Jelome "Quebla-Galafa" Yahimba. Ficou conhecido como Jelome por algum tempo, mas preferiu ser chamado de Quebla, e foi com este nome que se alistou no exército.

Haliyu Danja, um gaiato da vila de pescadores de Argungu, instantaneamente transformou o movimento de pernas torcidas provocado pela diarreia numa dança efusiva que batizou de sacode-lombriga. Danja, cujo nome se pronunciava "Danger" pois era a verdadeira grafia do nome fictício que alegara ser seu aos homens carrancudos e exaustos do posto de recrutamento de sua vila natal, afirmava saber a causa dos rostos amarelados e estômagos convulsionados. A causa, anunciou ele sabiamente, estava nos quatro comprimidos que todos tinham ordens de tomar todos os dias. Danja se absteve de acrescentar que esta era a opinião dos médicos que tinha acabado de visitar. Os médicos lhe disseram que ele e metade dos homens e oficiais na base estavam sofrendo os efeitos colaterais do Mepacrine, a nova droga antimalária que tinham sido instruídos a prescrever aos sojas.

Ao fim da terceira semana, o corpo de Banana aprendeu a amar o Mepacrine; as tonturas se foram, ele já não tinha diarreias e só ocasionalmente um rosto encovado lhe devolvia o olhar quando ele trombava com um espelho. Sua barriga de grávida desapareceu.

Ele aprendeu coisas não tão simples como ocultar pegadas, a arte de bater em retirada, navegação, travessia de rios, a meticulosa ciência da análise de terreno; operações noturnas, operações defensivas, operações secretas; iniciar ação em contato com o inimigo; táticas de esquadrão, pelotão e colunas, movimentação pela floresta, patrulhamento, exploração e leitura de mapas e preparar zonas de aterrissagem para suprimentos aéreos. Junto com cada membro de sua unidade, incluindo os muladeiros, ele aprendeu a usar todas as armas em sua seção.

Muitas das seções eram instruídas por especialistas. Mas grande parte das instruções vinha de oficiais e suboficiais que haviam passado diversos meses em uma escola de guerra na selva onde ganharam tais habilidades e foram treinados para ensiná-las.

Ele aprendeu coisas que achava já saber, como a maneira apropriada de limpar um fuzil.

— Antes de começar a limpar seu rifle — dizia o Samanja Damisa, tomando o Lee-Enfield de Haliyu Danja para demonstrar —, sempre se certifique de que o carregador está vazio. Quando tiver certeza de que o fuzil está descarregado, inspecione o cano. Abra a trava e procure por locais sujos de pólvora ou chumbo. Num fuzil de ferrolho como este camarada aqui, remova o ferrolho. Inspecione o cano segurando a boca na direção da luz. Examine da câmara à boca; se houver qualquer vestígio de ferrugem ou chumbo, use um esfregão para limpar o cano. Depois passe uma flanela através do cano, mas certifique-se de que esteja seca. Passe outra flanela para ter certeza e depois use um pano ligeiramente untado para terminar o trabalho. Limpe o interior da corrediça e também o bloco da culatra. Agora desmonte o rifle e limpe todas as partes usando flanelas e escovas. E finalmente — concluiu o samanja — aplique uma leve camada de óleo para protegê-lo. Depois, com muito cuidado, monte novamente. E, rapazes, seu fuzil deve estar tão bom quanto novo. Repitam o processo todo santo dia. Tornem isto um hábito, a primeira coisa que fazem ao acordar. Sempre limpem seus rifles na primeira oportunidade depois de usá-los, e especialmente se já faz algum tempo que não os usam.

Os homens ouviam educadamente, tomando cuidado para esconder seu tédio. Não havia nada que Damisa estava dizendo ou fazendo que eles já não soubessem sobre a limpeza de um fuzil. Até Banana sentia que seria mais útil empregar seu tempo praticando o sacode-lombriga de Haliyu Danja.

— Sei o que estão todos pensando — disse Damisa com um sorriso malicioso. — Acham que estou desperdiçando seu tempo, não é? Bem, vejamos agora. — Ele fixou os olhos no homem que se remexia vagamente ao lado de Banana. — O Farabiti Zololo agora vai usar seu Nº 4 Mark 1 para nos mostrar como limpar um fuzil.

Zololo se arrancou de sua distração, adiantou-se, tirou o rifle do ombro e iniciou a limpeza. Banana achou que ele tinha feito tudo de modo impecável. Ele próprio teria feito da mesma maneira. Zololo limpou a arma exatamente como Damisa mostrou aos homens. Mas o samanja não estava impressionado.

— Faça de novo, Dogo — disse ele a Zololo, chamando-o pelo apelido. Novamente, Zololo desmontou o rifle, limpou, untou e tornou a montá-lo. Damisa ainda não estava satisfeito.

— O que o Farabiti Zololo está fazendo de errado? — perguntou aos homens.

Todos o fitavam confusamente. Ele se virou para Zololo.

— Por que não verificou se estava carregada antes de começar a limpeza?

— Eu sabia que estava descarregada — disse Zololo com irritação. — Eu mesmo a descarreguei esta manhã. — Zololo tinha sido um kofur,[11] mas perdeu seu distintivo depois de uma briga em Katsina com um comerciante malês sobre uma dívida de jogo.

— Pedi primeiro ao Farabiti Zololo porque sei que ele é um excelente soja — disse Damisa aos homens. — Lutamos lado a lado durante a Campanha da África Oriental, de modo que eu deveria confiar. Mas até os bons sojas cometem erros. Quando você pega uma arma de fogo — continuou ele, erguendo o rifle de Danja para que todos vissem —, sempre presuma que está carregada. Caso contrário, rapazes, um dia vocês pegarão o fuzil para limpar, achando que está vazio. E vão apertar o gatilho por acidente e aquela bala solitária que de algum modo não notaram quando esvaziaram o carregador naquela manhã vai disparar e abrir um buraco do tamanho de um punho em suas cabeças. Será a última vez que limparão um rifle.

---

[11]"Corporal": Cabo. (*N. da T.*)

7

No começo do mês seguinte, pouco depois de Banana completar 14 anos, eles receberam a visita do homem a quem todos chamavam o Janar. A visita aconteceu enquanto os homens ceavam a céu aberto em certa noite, sob a lua cheia. Banana estava sentado diante do Samanja Damisa e do Farabiti Zololo, ouvindo suas lembranças de uma esplêndida batalha que aconteceu num local chamado vale de Babile na Abissínia, em 1941.

Zololo estava no meio de seu discurso, recontando o ponto alto do episódio da Campanha da África Oriental, quando subitamente se calou, os olhos paralisados num ponto às costas de Banana.

— O Janar — murmurou ele —, o Janar está aqui. — Sua voz estava repleta de admiração. Todos empurraram os pratos para o lado. Um silêncio reverente dominou os oficiais e soldados.

Banana se voltou e viu um homem praticamente do seu tamanho, talvez até ligeiramente mais baixo. Ele se deslocou de modo um tanto instável para o meio da aglomeração, as mãos fechadas às costas. Sua farda estava crispada e amarfanhada; parecia que ele se deitava com ela, tomava banho com ela e não a tirava desde o dia em que a vestiu pela primeira vez, havia um bom tempo. Tinha uma barba cheia, negra e furiosamente emaranhada. Sob o capacete africano verde-oliva, despropositadamente colocado na cabeça naquela noite de luar, seus olhos de intenso azul se viam fundos nas órbitas, movendo-se freneticamente e depois estreitando-se num foco agudo e inflexível; e quando repousavam num homem, era como se pudessem ver através de sua carne e dentro de sua mente. Mas ele parecia cansado, e os ombros bastante largos descaíam levemente, de modo que, enquanto ele caminhava sem pressa pela clareira onde os homens se reuniam, parecia estar prestes a desabar subitamente e cair no sono.

Quando o Janar começou a falar, sua voz soava áspera e ele gaguejava ligeiramente. Às vezes suas mãos se erguiam e coçavam uma cicatriz medonha no pescoço, que parecia ter sido reaberta e costurada às pressas por alguém cujas mãos tremiam incontrolavelmente enquanto segurava o bisturi. Mas as palavras passaram a disparar da boca do Janar em frases inteiras, completamente formadas, e ele parecia discursar sem pausa para tomar fôlego. Enquanto falava, e à medida que desenvolvia sua mensagem, da criatura desajeitada e ligeiramente hesitante de momentos atrás, ele se transformou em um homem exaltado. E quando terminou meia hora depois — embora parecessem dez minutos — e arrastou os pés para a noite, absolutamente frágil outra vez, também os homens se viram possuídos por suas visões, e ébrios por suas palavras.

8

A Seção D, o pequeno destacamento sob comando de Damisa, ficou insone naquela noite, conversando sobre a visita do Janar. Todos abandonaram suas tendas e partiram para a cabana de Damisa. Apenas seis deles estavam presentes; Godiwillin estava em turno de sentinela e Quebla jazia na enfermaria, convalescendo de amidalite. A reunião não começou bem.

O que quase estragou a noite foi um bate-boca que começou entre Zololo e Pash e quase chegou a socos, espalhando-se de tal modo que logo palavras iradas eram gritadas de todos os cantos da tenda.

De todos os presentes na cabana de Damisa naquela noite, apenas Zololo e Damisa já tinham posto os olhos no Janar. Zololo o vira apenas de longe durante o desfile da vitória do imperador Haile Selassie em Adis Abeba depois da expulsão do exército de ocupação italiano. O Janar liderara o desfile, montado num grande corcel branco. Mas Damisa, um dos nigerianos auxiliares da Gideon Force, servira diretamente sob comando do Janar. E nesta noite o Janar o levara à beira das lágrimas quando, ao partir, se aproximou da mesa de Damisa e disse enquanto passava ao lado:

— Vejo que o leopardo está aqui. — E continuou seu caminho com, alguns disseram, um vago sorriso em seus olhos.

Mas foi este momento de grande orgulho para Damisa que causou a briga mais tarde naquela noite, quando os homens se reuniram em sua cabana.

Banana e Pash já estavam na cabana com ele, pois dividiam o alojamento com Damisa, quando os Farabitis Danja e Guntu apareceram. Zololo foi o último a chegar e o primeiro a falar sobre o que levava à reunião daquela noite.

— Por Deus, aquilo foi incrível, o que o Janar fez quando estava saindo esta noite — começou Zololo. — Depois de todos esses anos, ele ainda se lembra do senhor. Provavelmente havia milhares de homens lá na Abissínia, e mesmo assim ele ainda se recorda do Samanja Damisa.

Damisa tentou minimizar o assombro, sugerindo que aquilo não era nada demais.

— As pessoas nunca se esquecem de mim — disse com um sorriso embaraçado, apontando para o lado do rosto onde outrora estivera sua orelha esquerda.

— Mas ele não apenas se lembra do senhor, ele também lembra o seu nome. Isso — disse Zololo com firmeza — significa algo.

Todos concordaram. O Janar era de fato um cavalheiro de grande nobreza. E o Samanja Damisa era uma glória para todos os fuzileiros, para a Força de Fronteira da África Oriental e para o Regimento da Nigéria; e todos os homens se sentiam honrados por servir sob seu comando.

A briga começou quando Zololo, notando algo que pensou ser uma expressão de descrença no rosto do Kofur Pash, se dirigiu ao kofur e disse em inglês:

— O janar chamou o samanja de leopardo. Damisa é a palavra hauçá para...

— Leopardo — repetiu Pash acendendo um cigarro. A expressão em seu rosto não tinha nada a ver com descrédito. Ele estava meramente buscando por seu isqueiro.

— Seu hauçá está ficando melhor a cada dia — observou Zololo, voltando a falar em hauçá.

— Assim como o seu iorubá — respondeu Pash em inglês, seu rosto oculto por uma nuvem de fumaça.

— Agora o kofur está me insultando — anunciou Zololo, um brilho perigoso tomando seus olhos. — O kofur sabe que não falo iorubá.

— Relaxe, Dogo — disse Pash em hauçá, chamando Zololo por seu outro nome. — Eu só estava brincando. Pegue um Lucky Strike. E, aliás, meu nome é Fashanu, e não Pashanu. O certo é Fash, e não Pash.

— Hoje o bom humor do kofur está melhor que sua memória — retrucou Zololo. — O kofur esquece que não fumo.

— Bem, então talvez devesse fumar — disse Pash. — E tenho um pouco de rum também, se estiver com sede.

Damisa conhecia Zololo bem o bastante para saber que se não interviesse agora a noite poderia acabar em assassinato. Ele se pôs de pé, marchou através da tenda e esbofeteou duramente o rosto de Pash.

— Em nome de Deus, o que há com você hoje, Olu? — gritou Damisa.

— Estou farto de Dogo e de todo mundo zombando do meu hauçá! — retorquiu ele, o rosto rubro de fúria e ardendo pela bofetada. Pash era chamado pelas costas de Kofur Um-por-Um, por sua tendência a confundir palavras. Por exemplo, ele dizia *d'ai d'ai*, que significa "um por um", quando queria dizer *daidai*, que significa "certo". Resultado: quando ele queria dizer "você está certo", acabava dizendo "você está um por um". Isso era fonte de diversão infinita para todo mundo, exceto Pash. Ele era um rapaz de 18 anos, muito tímido, que não tolerava ser motivo de risos.

— E você acha que começar uma briga com Dogo é a solução? — perguntou Damisa.

— Eu sei que falo hauçá com sotaque — começou Pash.

— O problema não é o seu sotaque. O que causa espanto é a sua gramática — Zololo destacou candidamente antes que Damisa lhe desse ordens de calar a boca.

— Sei que cometo todo tipo de erros — admitiu Pash. — Mas não posso evitar. Não é minha língua. Eu não sou hauçá. Sou iorubá.

— E um bom cristão também — observou Zololo inocentemente.

Tão inocente, na verdade, que ele também ganhou um bofetão de Damisa.

— Qual é o problema em chamar o homem de cristão? — gritou Zololo em protesto.

— Não há nenhum problema em chamá-lo de cristão — respondeu Damisa. Mas ele sabia que na verdade a intenção de Zololo foi insinuar que Pash não era muçulmano.

— Então por que me agrediu, Samanja? — Zololo parecia genuinamente ofendido.

— Por que é falta de educação lembrar a um homem aquilo que ele já sabe muito bem — respondeu Farabiti Guntu, tentando ajudar. — É como me dizer que meu nome é Guntu. — Ele tinha uma voz aguda e penetrante que, alegava orgulhosamente, certa vez deixou uma mosca sem sentidos quando ele berrou para que o bicho o deixasse em paz enquanto ele estava cuidando da própria vida e tentando se servir de sua manga. Guntu costumava comer muitas mangas no passado; certo ano, ele comeu tantas que teve que fechar sua barraca de mangas em Birnin Kebi. Ele partiu para Burma para fugir da fila de produtores de mangas a quem ainda devia um monte de dinheiro.

O verdadeiro nome de Guntu era Dogo, que significa "o homem alto", mas Guntu era na verdade um homem bem baixo. E uma vez que o Farabiti Zololo, que era alto, também se chamava Dogo, ficou decidido que Guntu seria chamado Guntu, o que significava "o homem baixo", e Zololo — que era bastante alto — seria chamado Dogo, para evitar confusão. No começo era mais confuso para o Dogo baixo, mas depois de certo tempo ele se habituou a ser chamado de Guntu, que não era seu nome coisa nenhuma. Mas também não era Dogo. Seu verdadeiro nome era de fato Guntu, mas ele trocou para Dogo quando se alistou para driblar a perseguição de todos os produtores cujas mangas tinha devorado.

— O soldado Guntu está dizendo que há algo errado em ser cristão? — exigiu saber Pash.

— O Kofur Um-por-Um está dizendo que há algo errado em ser baixo? — retorquiu Guntu rapidamente.

A resposta de Guntu foi seguida de um silêncio sepulcral. Logo seus olhos se arregalaram em entendimento, a boca se abriu num círculo horrorizado e ele começou a gaguejar um pedido de desculpas.

Mas Pash não estava escutando.

— De que você acabou de me chamar? — Seus olhos furiosos se pregaram na cabeça de Guntu.

Guntu olhou para Damisa em busca de ajuda, mas o samanja simplesmente deu de ombros. Um suspiro de infelicidade e resignação correu pelo corpo de Guntu. Logo seus olhos recaíram em Zololo, que tinha um sorrisinho no rosto, e Guntu gritou de repente, provocando um sobressalto geral:

— Foi ele! — berrou, apontando um dedo acusador para Zololo. — Ele foi o primeiro a chamar você de Kofur D'ai D'ai. Pergunte ao Samanja Damisa. Ele estava lá naquela hora.

— Sargento? — disse Pash. Mas Damisa se recusava a ser envolvido.

Lentamente, Pash se voltou e encarou Zololo.

— Isso é verdade? — disse num murmúrio. Macabro.

Foi neste momento que Danja, sentado ao lado de Banana, decidiu se meter na briga sem razão aparente.

— Mas seu nome nem mesmo é Guntu — destacou Danja. — Seu nome é Dogo.

— Se eu digo que meu nome é Guntu — retrucou Guntu, voltando-se furiosamente para Banana, pensando que ele tinha falado —, então Guntu ele é.

— Mas eu não disse nada — protestou Banana.

— Agora está me chamando de mentiroso também! — a voz de Guntu tornou-se um guincho.

— Eu não chamei de coisa nenhuma — disse Banana, recuando da saraivada de cuspe. — Eu não disse nada. Se está querendo briga, vá embora e escolha alguém do seu tamanho.

Como Guntu era o homem mais baixo da sala, naturalmente tomou as palavras como mais uma ofensa.

— Já chega — disse ele, pondo-se de pé. — Já é mais que suficiente insulto por uma noite. Se me dá licença, Samanja, estou voltando para minha tenda.

— Sente aí, Guntu! — Damisa ladrou para ele. Guntu se sentou. — Todos vocês estavam lá hoje à noite quando o Janar disse meu nome diante de toda a coluna — começou Damisa. — Ele disse meu nome porque é um homem educado. Disse meu nome porque se lembra de mim da Abissínia. Ele se lembrou não apenas de mim, mas de todos os milhares de nigerianos, incluindo nosso Dogo aqui, que lutaram bravamente junto aos 2 mil homens que ele tinha diretamente sob seu comando naquela guerra brutal contra os italianos. Ouvi dizer que o próprio Janar exigiu pessoalmente pelo menos uma brigada nigeriana quando se sentou para planejar a futura expedição a Burma. Dizem que ele quis nigerianos porque na terra somali e na Abissínia ele viu que somos guerreiros bravos e trabalhadores incansáveis. Não sei se a história é verdadeira, mas gosto de pensar que é. Considerem isto: das seis brigadas que formam os chindits, a única que não é composta de homens da Inglaterra ou da Escócia, ou por americanos, é a nossa Thunder, a 3ª Brigada da África Ocidental. Nem mesmo os gurcas[12] têm uma brigada inteira para si, e eles são famosos por sua bravura e ferocidade na batalha. A Seção D é constituída de oito homens. Oito homens que há pouco tempo eram agricultores, mercadores, pescadores, alfaiates e ferreiros num lugar distante chamado Nigéria. Agora somos todos sojas, chegando para lutar a guerra do Rei George. Agora estamos na Índia e, como ouviram hoje do Janar, em menos de dez dias estaremos em Burma. Em nossos lares, a maioria de nós nem sequer conhecia uns aos outros. Alguns se encontraram pela primeira vez no navio que zarpou para cá, ou aqui mesmo na Índia. Alguns são cristãos, alguns muçulmanos e outros veneram seus ancestrais. Alguns falam hauçá, outros falam ibo, outros, iorubá; alguns falam tiv, e outros falam outras línguas. Não me importa qual Deus adoram, ou que língua falam; não me importa se são baixos ou altos, magros ou robustos; não me importa se podem ler e escrever ou não; se gostam de bebida ou se preferem água. Tudo

---

[12]Etnia de ascendência hindu-mongol que habita o Nepal e partes da Índia; o povo é um aliado centenário dos britânicos, e por isso o termo "gurca" é também usado para designar o regimento de elite do exército britânico formado por nepaleses.

que me importa é se são capazes de atirar com precisão, e que saibam que agora somos todos irmãos. Juntos resistimos ou juntos perecemos. Estou mencionando a morte porque sei que alguns de nós aqui nesta noite não retornarão de Burma. Não é uma profecia, apenas um fato da guerra. Alguns voltarão para casa sem nem mesmo um arranhão para coçar em seus corpos. Eu gostaria de pensar que, se meu destino é morrer em Burma, alguém que hoje está aqui nesta tenda reunirá seus netos daqui a cinquenta anos sob uma lua cheia e contará a eles: "Conheci um homem no passado, lutamos juntos nas trincheiras de Burma, seu nome era Abdul, ele era duro, mas justo, era como um irmão para mim. Um dia conheci um homem, ele morreu em Burma."

Silêncio absoluto se abateu sobre a sala. Um estranho ânimo se apoderou dos homens; um sentimento — que cada um experimentava profundamente e combatia — de estar à beira das lágrimas. Godiwillin entrou naquele momento.

— Vejo que todos já ouviram as notícias — anunciou, ele próprio soando bastante emocionado.

— Que notícias, Will? — perguntaram os homens.

Godiwillin era chamado de Will não porque seu nome fosse William, mas porque Godiwillin era complicado demais, e eles se recusavam a chamá-lo de "God", "Deus", pois apenas Deus Todo-Poderoso atendia por este nome.

— Ainda não sabem? O Janar está morto — disse Will. — Seu avião caiu há menos de vinte minutos, depois que ele nos deixou esta noite. O capitão Gillespie acabou de me contar.

O bombardeiro bimotor B-25 Mitchel chocara-se diretamente contra uma montanha próxima de Bishenpur na fronteira entre Burma e Índia e se desintegrara no impacto, matando todas as nove pessoas a bordo.

II

Aberdeen

1

Algumas noites após a morte do Janar, os vales de Hailakandi ecoaram com o barulho ensurdecedor dos bimotores. Quando um avião pousou, seguido de outro, 18 comandantes junto com 397 homens de outras graduações e mais 15 pôneis, 70 mulas e 18 bois esperavam por sua vez de embarcar nos aviões.

Algumas horas antes, o Kyaftin Gillafsie[13] reuniu todos os diversos grupos de seu pelotão.

"Ouvi dizer", começou ele em hauçá, "que somos considerados uma guerrilha. Ouvi até mesmo chindits dizendo isto. Deveriam pensar melhor. Somos guerrilheiros apenas no sentido de que estamos estruturados em pequenas células e somos treinados para atacar a uma ordem e desapa-

[13]Captain Gillespie na pronúncia hauçá. (*N. da T.*)

recer imediatamente sem deixar um único rastro, caso necessário. Mas é um engano pensar em nós como guerrilheiros. Não somos uma guerrilha. Nas palavras do falecido Janar Wingate, somos um grupo de Penetração de Longo Alcance. O brigadeiro Calvert, comandante-em-chefe da Emphasis — nossa brigada-irmã nº 77 —, oficial que trabalhou intimamente com o Janar Wingate para planejar esta campanha, desenvolveu a mais apropriada descrição do que somos. Na descrição do brigadeiro, as oito colunas da Emphasis, e as seis da Thunder — 3ª Brigada da África Ocidental —, e as colunas de todas as brigadas chindits — Galahad, Enterprise, Profound e Javelin —, sem mencionar as forças auxiliares, penetrarão separadamente cada tipo de campo, como os dedos estendidos de uma mão apontando em todas as direções, e depois se concentrarão em fechar esses dedos como uma garra em torno da garganta do inimigo quando sua atenção estiver devidamente desbaratada, ou desfecharão um golpe semelhante a um punho cerrado num alvo importante como uma ponte ou um depósito de munições. Em outras palavras, homens da Thunder, divididos nós marchamos, mas unidos combatemos!"

Os homens saltaram no ar a um só tempo em aclamação, gritando repetidamente "Thunder! Thunder! Thunder!", e, quando se dispersaram e retornaram a suas tendas para terminar os preparativos, a tensão que começara a pressionar suas entranhas tinha desaparecido. Foi substituída por um sentimento inebriante de missão, que dava nova energia a seus passos.

2

A Seção D fazia parte do último grupo a sair.

Estava escuro no interior do Dakota. A fuselagem recendia a couro e fluido hidráulico. Os motores rugiram, primeiro um, depois o outro, e as luzes da pista se mesclaram em uma fita fugidia de tom cobre quando o avião se lançou à frente com um rosnado ensurdecedor e alçou voo com um tranco repentino que atirou Banana para fora de seu assento. Sua cabeça bateu contra um objeto duro que se revelou o tornozelo do Farabiti Zololo. Banana se arrastou tontamente de volta ao assento e agarrou a viga de metal com todas as suas forças.

— Samanja — chamou ele em hauçá, tentando soar calmo. — Qual é o nome deste lugar para onde estamos indo em Burma?

A voz do Kyaftin Gillafsie soou da escuridão.

— Chama-se Cidade Branca — disse ele. — É para onde estamos indo.

Farin Birni, Banana repetiu para si mesmo, *Cidade Branca.*

Até o kyaftin soava entusiasmado.

3

Havia duas noites que aquilo tinha acontecido. Duas noites apenas, e mesmo assim, enquanto Ali Banana se arrastava por mais um morro acima, parecia-lhe que fazia muito mais tempo. À luz da lua, ele divisava a silhueta de Danja à sua frente. O equipamento de Danja o atrasava. De vez em quando ele ajeitava sua carga e após alguns minutos ela já deslizava novamente por suas costas.

E quem era aquele mais à frente na trilha sinuosa, tomando um gole de seu cantil apesar de ser estritamente proibido beber água em marcha? Seria Will ou Quebla? Ninguém sabia por que beber água era proibido. Alguns diziam que fazia mal ao estômago; outros, que minava a resistência. Mas lá estava Godiwillin roubando um gole de seu cantil de água.

Não, pensou Banana, olhando novamente. Não era Will. E não podia ser Quebla. Em algum lugar nos fundos de sua mente, Banana se lembrava de ter ultrapassado Quebla — talvez uma hora antes. Quebla desmaiara ao pé de uma árvore, o rosto rijamente crispado em dor. Banana parou para observá-lo por um instante, e logo prosseguiu silenciosamente ao longo da trilha, como os homens à sua frente e os que vinham atrás. Quebla caíra e ninguém poderia fazer nada por ele. Apenas Quebla poderia salvar a si mesmo.

Atrás de Banana vinha Zololo, que desistira ainda mais cedo, desabara em cima de uma rocha e depois logrou recobrar a energia para continuar e agora de novo acompanhava o grupo. Zololo arfava pesadamente e praguejava, um tanto alto demais, contra os "Thik Hai" que conduziam a marcha. Os "Thik Hai" eram os gurcas. *Thik hai*, significando "tudo bem" em hindustani, uma segunda língua para os gurcas nepaleses, era sua resposta casual e invariável para todas as situações e tudo que se lhes perguntava, e assim os nigerianos começaram a chamá-los de "Thik Hai". Em seus pequenos corpos — eram baixos e magros —, estes homens possuíam a força de um búfalo selvagem. Caminhavam com passos largos e poderosos, e, quando se estava perto o bastante para observar seus pés, parecia que um se lançava à frente antes que o outro tocasse o chão. Mas poucos na marcha conseguiam ficar perto o bastante dos gurcas para observar seus passos. Os gurcas tinham caminhado neste ritmo por todo o dia, jamais vacilando, nunca parando para recuperar o fôlego.

Havia uma distância ainda maior entre o último homem da fila e alguns que desabaram por pura exaustão e não podiam ou não queriam continuar. Esses retardatários eram deixados para trás e tinham que se virar sozinhos. Não podiam reclamar; estava entendido — e foi incansavelmente repetido ao longo dos meses de treinamento — que durante a marcha seria cada um por si. Se cada um que caísse tivesse que ser carregado por outro homem — ele mesmo mal podendo caminhar — as baixas se multiplicariam. Desde a primeira expedição Chindit no ano anterior, sabia-se que os homens que caíam e não podiam continuar frequentemente morriam não por cansaço ou fome, mas pelas mãos de patrulheiros japoneses. E, embora ainda não tivessem encontrado nenhum japonês, os homens na marcha sabiam que havia muitos na região. Os rochedos e vales que cruzavam eram rochedos e vales de Haungton, região a 320 quilômetros das frentes japonesas em Burma, cada centímetro deles dominados por japoneses. O conhecimento deste fato era o que os impulsionava, mesmo quando seus corpos já se rendiam. O terror pelo que os japoneses fariam era o que reanimava todo homem que caía e o persuadia a se levantar do chão ou rastejar, se necessário, até alcançar os outros.

O fogo que apavorara Banana mais cedo e quase o obrigara a fugir cessou de atormentá-lo. Aquele fogo, que nem sequer era um incêndio, mas um milhão de vaga-lumes fundidos numa gigantesca lança de faíscas, desaparecera havia muito. Mas o medo não o abandonou. Ele já não se lembrava da excitação que sentira havia apenas três dias. Aquele sentimento desapareceu, substituído por esta entorpecente, quase incapacitante, ansiedade.

4

Não imaginaram que seria assim. Eles sabiam que haveria marcha uma vez que chegassem em Burma, mas essa marcha em particular não tinha sido parte do plano. Acontecimentos na terra forçaram-na à tropa.

O voo desde Hailakandi ocorrera sem dificuldades. E parecia que o avião mal tinha entrado nas nuvens quando começou sua descida. Campos de arroz surgiram abaixo e depois um rio, que Kyaftin Gillafsie identificou como o Chindwin.

— Segurem firme, garotos — disse ele. — A Cidade Branca é aqui. Estamos prestes a aterrissar.

O kyaftin falou cedo demais, mas foi bom que avisasse para segurar firme. Um minuto depois, a menos de um quilômetro do chão, o Dakota subitamente ergueu o nariz e deu um solavanco para cima, atirando Gillafsie, que não seguiu seu próprio conselho, e diversas mochilas soltas para os fundos da fuselagem. O avião subiu mais um quilômetro antes de mudar seu curso e, da mesma maneira repentina, começou a descer. Dez minutos depois, eles aterrissaram dentro de um vale, numa pista de pouso improvisada cercada por *taungs*, montes ancestrais que pareciam ter caído do céu e se despedaçado nas faldas de outras montanhas. Além do vale e em ambos os lados da garganta, os montes assomavam bruscamente, quase, mas não totalmente, encontrando-se no meio. Projetavam-se sobre o vale como um teto solar parcialmente aberto.

A pista de pouso se assemelhava a um cemitério de aviões e planadores. Para qualquer lado que olhavam havia um C-47 com seu nariz esmigalhado entre as rochas e a cauda erguida no ar — idênticos ao que agora os cuspia para o chão — ou um planador que se chocara tão violentamente que acabou dobrado no meio antes de se estilhaçar em todas as direções.

— Plasma? — uma figura na escuridão interrogou Quebla, o primeiro a sair.

— Não, senhor — respondeu Quebla. — Quebla Yahimba, matador de japas, senhor.

— Onde estamos? — perguntou Jamees Show, um suboficial britânico.

— Aberdeen — ladrou a figura obscura. — Trouxeram o plasma?

— Que plasma? — perguntou Samanja Show, mas o homem já se afastava.

— Plasma? Trouxeram o plasma? — eles o ouviram perguntando à tripulação.

— Sangue — explicou Show a Quebla. — Ele é médico.

Pousaram em Aberdeen, como explicou o Kyaftin Gillafsie, pois a Cidade Branca sofrera pesado bombardeio dos japoneses mais cedo naquela noite, pouco antes da tentativa de aterrissagem. Cinco outros Dakotas trazendo membros de sua coluna foram desviados para Aberdeen. Todos passariam a noite ali e partiriam a pé para a Cidade Branca à primeira luz.

Ninguém, nem mesmo o Samanja Damisa, se dispôs a perguntar qual distância teriam que caminhar dali para chegar a Cidade Branca. Mas Gillafsie tinha certeza de que estavam ávidos por saber.

— Fica a apenas 30 quilômetros — Gillafsie disse aos homens.

Quando o kyaftin estava fora do campo de audição, Samanja Show riu maliciosamente.

— Só 30 quilômetros — disse ele zombeteiramente para Banana. — Mas há um probleminha, uma montanha de nada, no caminho.

O Samanja Show juntou-se ao grupo pouco antes da saída da Índia, chegando a Hailakandi em um avião vindo direto da Nigéria, onde servira como sargento-maior, patente acima de sargento. Estava tão ansioso por se unir ao Circo de Wingate que, quando ficou sabendo da chamada por sargentos voluntários, aceitou um rebaixamento e se alistou.

— Meio confuso, Jamees? — perguntou o Samanja Damisa em inglês, que estava a breve distância do Samanja Show. — Farabiti Ali fala nada inglês. Entende nada que você diz.

— Não entende? — Show perguntou ao farabiti.

— *Small-small* — respondeu Banana. Ele tinha compreendido o que o samanja inglês dissera. Só não conseguia falar a língua ainda. Ele agora se esforçava para traduzir o que o sargento dissera, com bastante precisão, para o hauçá, acrescentando que não sabia o que significava.

— Você quase me enganou — disse o Samanja Show em barikanchi, uma forma coloquial de hauçá falado em quartéis, e se afastou para retornar a seu grupo.

— O que o sargento disse ao Banana? — Godiwillin, cujo hauçá era bom mas não tão bom quanto o de Quebla, perguntou ao companheiro, que estava acocorado a seu lado, lutando com seu equipamento.

— Acho que ele disse que há um problema no caminho — respondeu Quebla. Ele não tinha prestado muita atenção à conversa.

— Que problema? — perguntou Godiwillin ansiosamente.

— Não sei qual é a natureza do problema — disse Quebla —, mas fica numa montanha em algum lugar.

— Isso não é hora para brincadeira — irritou-se Godiwillin.

— Mas, Will, eu não estou brincando — disse Quebla seriamente. — Estou contando o que ouvi.

Quebla se virou para acrescentar algo, mas Godiwillin já se afastara e agora estava junto de Zololo, meneando a cabeça pensativamente.

— O que Dogo disse? — perguntou-lhe Quebla quando Will retornou para buscar seu equipamento.

— Disse para dormir um pouco, pois vai ser uma caminhada filha-de-mercadora.

Aberdeen era o lar da Enterprise, uma das brigadas-irmãs. Uma vez que entraram no perímetro da cerca, todos correram para encontrar uma trincheira cavada para dormir. Alguns pegaram em pás e abriram buracos. Outros, corajosos e muito cansados para cavar buracos, encontraram abrigo entre os destroços dos Dakotas na pista de pouso.

5

Entrariam em forma às quatro da manhã. Assim, imediatamente após o café, eles já estavam a caminho, escoltados por quatro gurcas que iriam à Cidade Branca de qualquer maneira e três batedores da tribo karene, nativos das montanhas de Burma.

III

Tóquio

1

A princípio, o avanço foi fácil. Passaram por uma aldeia e assustaram um grupo de meninas que lavava roupas num córrego. Elas sorriram timidamente e depois dispararam pelos campos de arroz assim que os homens devolveram os sorrisos.

Eles pararam no córrego para encher seus cantis. Receberam instruções de nunca beber água de um córrego a não ser que um oficial, de preferência um oficial médico, aprovasse a água como segura para o consumo. Mas, como não tinham um OM consigo, o Samanja Show assumiu a tarefa. Aos quarenta anos, Samanja Show era o homem mais velho na marcha.

Uma manada de búfalos sorvia a água mais abaixo.

— Se é boa o bastante para eles, concluo que é boa o bastante para nós — declarou Samanja Show, o que parecia perfeitamente lógico.

Eles passaram por outro vilarejo, mas, à exceção de cães vadios que demonstraram interesse em marchar com a tropa, estava fantasmagoricamente quieto; nada se movia nas casas de teca e bambu. Logo, após uma parada de dez minutos para beber água, encontraram uma segunda vila deserta, seu único ocupante um Buda num pagode dourado. Um boato viajou pela coluna de que os batedores karenes (também conhecidos como burrifs porque estavam a soldo dos Rifles de Burma) que iam à frente com os gurcas disseram que uma vila deserta era um claro sinal de que os japoneses haviam passado recentemente por ali e ainda poderiam estar na área. Mais que qualquer outra coisa, este boato foi o que iniciou uma gradual inquietação dos homens. Depois dele, cada moita e cada rocha escondia um atirador japonês, e cada som estranho era um tiro em sua direção. A paranoia era contagiosa, e logo até os cães selvagens rosnavam pavorosamente sempre que os homens olhavam para eles em busca de coragem. Por fim, à medida que a planície era substituída por encostas de morros e o sol emergia em sua máxima ferocidade, os cães simplesmente pararam, fitando os homens com tristeza, e não seguiram adiante.

Banana estava habituado ao sol ardendo tão furiosamente que até a terra sobre a qual um homem caminhava lhe torrava os pés, e era como se ele estivesse caminhando sobre carvão em brasa. Mas o calor desse sol era diferente de qualquer outro que sua terra natal lançara em seu caminho. Não era apenas o calor. Era a absoluta aridez o que o perturbava. Ele estava caminhando pela floresta mais densa que já tinha visto e ainda assim nenhuma folha se movia a seu redor. O ar era pétreo, e não havia nenhum vestígio de brisa.

Também não ajudava que ele e todos os outros homens da marcha estivessem carregando um fardo nas costas. Além do cantil cheio com 2 litros de água no bornal que pendia de seu cinto junto a duas grandes bolsas comportando granadas e um pente de metralhadora Bren, ele tinha atada às costas uma "Bolsa Himalaia", que era uma mochila com armação contendo uma jaqueta camuflada sobressalente, um par extra de calças verde-folha, um par de botas de borracha, quatro pares de meias, três pares de cadarços, um colete, um suéter, uma garrafa d'água de dois litros, uma toalha pequena, uma barra de sabão, uma escova de dentes e cortadores de unhas, uma capa de chuva desenhada para comportar a máscara de gás, uma esteira isolante, um cobertor, um prato de latão, uma faca, um garfo e uma colher, uma caneca, tabletes para purificar água, gaze e esparadrapo de campanha, um kit de costura doméstica, uma carteira à prova d'água para cartas pessoais, um frasco de Mepacrine, um pouco de creme repelente de insetos, um mosquiteiro, um pacote de comida contendo cinco dias de "Rações K" e duas flanelas laranja com um mapa de Burma impresso em ambos os lados, que podiam ser usadas na cabeça como sinal de identificação para força aérea aliada. Além disso, ele carregava um fuzil, cinquenta cartuchos de munição, uma baioneta, um *kukri* (facão nepalês com bainha), uma corda trançada, uma pá para abrir trincheiras e um canivete. Oficiais e suboficiais britânicos levavam ainda relógios de pulso, um compasso prismático, binóculos, uma tocha, mapas, lápis e cadernos. Cada homem era dotado de 25 rupias de prata para serem usadas somente em caso de emergência. Em suma, cada um arrastava uma mochila que pesava mais de trinta quilos.

2

Receberam ordens de parar quando o crepúsculo se aproximava e a fadiga começava a cobrar seu preço dos homens. Os oficiais escolheram um local alto o bastante para que pudessem avistar intrusos aproximando-se de todas as direções, mas não tão alto a ponto de atrair o interesse de um bombardeiro japonês de passagem. Deveriam montar ali acampamento para a noite.

Por alguns minutos todos se jogaram na grama, caídos sobre as costas, e se deixaram varrer pela brisa que agora retornava após a partida do sol. Beberam de seus cantis e logo se ocuparam da sofrida embora necessária tarefa de comer sua ceia. A ração de campanha tipo K, ou "Ração K" como era mais conhecida, consistia em uma caixa com três pacotes de refeições, uma invenção americana destinada a sustentar as tropas durante condições de emergência em que nenhuma outra comida estivesse disponível. Era composta de uma barra de cereais, uma lata de carne e um pacote de biscoitos, todos parecendo uma polpa de papel grudado e todos com gosto de comida para gato; um pacote de açúcar de uva refinado que não tinha gosto de nada que lembrasse açúcar ou uva, tão repulsivo que até as mulas se recusavam a comê-lo; e um pacote de pó para limonada, tão ácido que funcionava melhor como desinfetante para a comida que como bebida. Apenas o pacote com quatro maços de cigarros Camel, Lucky Strike ou Chesterfield que vinha na bolsa de refeições — considerados superiores ao suprimento de cigarros do exército britânico e muito valorizados entre os sojas — fazia a "Ração K" valer a pena.

Mas naquela noite não tiveram permissão para acender nenhuma fogueira ou lampião, tampouco cigarros.

Após a ceia, eles formaram um perímetro quadrado e instalaram barracas, colocando os sinaleiros, sapadores, oficiais e os vários especialistas não-combatentes no meio. Todos os homens cavaram trincheiras, e sentinelas foram escolhidos em cada grupo e postados nos flancos. Eles se aninharam em suas trincheiras sabendo que tinham vencido 16 quilômetros naquele dia, e só tinham mais 11 a cruzar.

A maioria dormiu por toda a noite, o medo sobrepujado pela fadiga, e sonhou com o fim da marcha. Mas Banana acordava ao menor ruído. Não era medo o que o deixava insone, apenas a absoluta enormidade de finalmente estar em Burma para combater por Kingi Joji. Durante uma das paradas da tropa, ele se perguntou em voz alta quais seriam as chances de que topasse com Yusufu ou Iddrisi, seus amigos de infância, que também estavam em algum lugar ali em Burma. Mas Damisa assegurou a Banana que, embora fosse possível encontrá-los, também era altamente improvável. Damisa usou o mapa de Burma de uma de suas flanelas laranja para mostrar a Banana.

"Cidade Branca é aqui", disse ele, "cerca de 300 quilômetros atrás do local mais próximo das linhas de frente japonesas, e a 6ª Brigada está naquele monte ali, em algum lugar da frente britânica, nossa frente, que está, é claro, do outro lado da frente japonesa. O rio Chindwin, bem aí — nós voamos sobre ele ontem à noite —, é a fronteira entre as duas frentes. Para que Yusufu e Iddrisi o encontrem, primeiro terão que cruzar o Chindwin, que sai destas montanhas a norte, não tão longe, mas também não uma breve caminhada de onde estão agora. É um rio imenso, o Chindwin. Ele flui para noroeste pelo vale Hukawng, lotado de tigres e elefantes selvagens, e depois se dirige ao sul correndo pela fronteira da Índia, onde se encontra com o grande rio Irrawaddy no norte de Burma. Tendo cruzado o Chindwin onde ele encontra a fronteira da Índia, bem aqui, seus amigos terão que atravessar a frente de batalha japonesa, o que será um feito e tanto, e num piscar de olhos — umas poucas centenas de quilômetros depois — estarão em Cidade Branca. É simplesmente improvável, Ali, que você encontre seus amigos em breve."

3

Por seus corpos estarem mais fracos ou porque o sol era mais inclemente, no segundo dia da marcha os homens levaram quase duas horas para cobrir os primeiros 2 quilômetros. Mais vilarejos desertos cruzaram seu caminho, e mais uma matilha de cães vadios os adotou e depois abandonou. As subidas eram mais íngremes e, embora os montes e vales da Índia onde se prepararam fossem semelhantes a este terreno, seu treinamento não parecia fazer diferença. Ou talvez fizesse. Talvez sem ele o primeiro homem a cair, que desabou logo após o meio-dia, teria caído muito mais cedo.

Umas poucas paradas a mais e períodos de descanso mais longos teriam ajudado, é claro. E teria sido ótimo se o Kyaftin Gillafsie não insistisse que houvesse apenas vinte minutos para almoço em vez da hora completa que tiveram no dia anterior.

— Há algo em nosso encalço — Pash assegurou confidencialmente enquanto rasgava o pacote de almoço. — Se o capitão disse isso, há algo em nosso encalço.

— E o que pode ser? — perguntou Zololo.

— Em minha aldeia, temos um ditado — disse Pash com a boca cheia. — "Um homem não corre sobre espinhos por nada: ou está atrás de uma cobra, ou há uma cobra atrás dele."

— Engraçado que você diga isso — comentou Zololo. — Temos o mesmo ditado em minha aldeia. Mas nós dizemos um pouco diferente. "Um homem não corre pelado por nada", nós dizemos: "ou está atrás de uma cobra, ou há uma cobra atrás dele".

— Talvez vocês dois tenham cobras em suas aldeias — disse Banana pensativamente.

— Ou talvez ambos estejam correndo da mesma cobra — disse Damisa, erguendo-se. — De pé e em frente, camaradas. O almoço acabou.

— Mas nós nem começamos — reclamou Guntu.

— Bem — disse Pash —, você conhece a história do menino faminto, não?

— Que história? — perguntou Danja.

— Pai e filho estão caminhando pela selva — começou Pash. — Uma selva bem parecida com esta aqui. O filho diz ao pai: "Estou com fome, pai." "Como é que é?!", diz o pai...

— "Não faz só dois dias que você comeu?" — completou Banana para ele.

Pash dirigiu-lhe um olhar de curiosidade fingida.

— Não me diga que você também vem da minha aldeia — disse ele com um sorrisinho.

— Acho que não — replicou Banana, parecendo desconcertado. — Todo mundo conhece todo mundo em Zaria. Eu me lembraria de seu rosto se o tivesse visto antes.

— Talvez ele seja seu irmão há muito perdido, Ali — Danja disse a Banana.

— Acho que não — respondeu Banana.

— Então onde está seu irmão há tanto perdido? — perguntou Zololo.

— Não sei — disse Banana melancolicamente.

— Como sabia o final da história de Olu? — perguntou Guntu.

— Ele me contou a mesma história quando eu disse que estava com fome uma hora atrás — replicou Banana.

— Eu não sabia que você tinha um irmão perdido — disse Damisa.

— Eu também não sabia — respondeu Banana, parecendo ainda mais confuso.

Os olhos de Damisa se estreitaram em perplexidade.

— Você está de brincadeira? — perguntou ele a Banana.

— Por que eu brincaria sobre uma coisa assim, Samanja? — perguntou Banana, tentando entender por que os outros estavam rindo dele. Fazia vários dias que não paravam de rir dele, e Banana não conseguia entender o que tinha de tão engraçado.

Poucas noites antes, em Hailakandi, Quebla contou a história de um homem que perdeu um anel dentro de casa. Após procurar por algum tempo e não encontrar, o homem saiu da casa e continuou a busca. Seu vizinho perguntou o que ele havia perdido.

— "Perdi meu anel", disse o homem. "Onde o perdeu?", perguntou o vizinho. "Dentro de casa", disse o homem. "Então por que está procurando do lado de fora?", perguntou o vizinho. "Porque aqui fora tem mais luz", respondeu o homem.

Os outros explodiram em risadas, e isso confundiu Banana. Ele esperou impacientemente que as risadas acabassem e então se voltou para Quebla e perguntou:

— E o que aconteceu depois?

— O que quer dizer com o que aconteceu depois? — devolveu Quebla.

— Estava lá? Ele achou o anel do lado de fora?

Banana ficou absolutamente aturdido com as gargalhadas estridentes que responderam à sua pergunta. Só estava perguntando porque também tinha perdido um anel, que pertencia a um cliente importante, quando ainda era um aprendiz de ferreiro. A história de Zololo o fazia especular se deveria ter buscado do lado de fora em vez de passar a tarde inteira procurando no pátio onde o perdeu. Talvez hoje ele ainda estaria em casa, não mais um aprendiz, mas trabalhando por um bom salário para seu mestre, que no fim das contas, pensou ele, não era um homem assim tão mau. Talvez, se não tivesse perdido aquele anel, ele não estaria aqui, a caminho de uma terra estranha cheia de gente louca para matá-lo.

— Por que estão todos rindo? — perguntou Banana enquanto a marcha continuava. Ele se voltou para Damisa. — Samanja, por que estão rindo?

Damisa pregou-lhe um olhar preocupado mas não respondeu. Ele notava que uma gradual mudança vinha ocorrendo a Banana desde a última semana. O orgulhoso rapazote, que acima de tudo adorava o som de sua própria voz em infinitos discursos, desaparecera. Em vez disso, ele agora parecia ter perdido a máscara de sabe-tudo e se tornava uma inocente criança de sete anos de idade. Os outros também notaram o mesmo, e a partir daí o transformaram no ingênuo alvo de suas brincadeiras.

Mas Damisa tinha outras coisas com que se preocupar agora. Ele resistiu à tentação de dizer a Pash que de fato estavam perseguindo uma cobra e que a cobra também poderia estar em seu encalço. Esta era a razão pela qual não tiveram nenhuma parada para água até o momento, e tão pouco tempo de almoço.

Após a forma daquela manhã e pouco antes do café, Kyaftin Gillafsie fizera contato por rádio com o quartel-general na Índia. O sinal estava errático por causa dos montes em torno, mas no final ele conseguiu desvendar o quebra-cabeça. Descobriu que o ataque à Cidade Branca, que os impediu de pousar lá na noite anterior e que fora decididamente rechaçado, foi repetido sem descanso por toda a noite. Ao que parecia, estava se tornando um cerco. Mas isto não era causa de preocupação. O que o afligiu foram as notícias do QG de que uma ordem de mobilização de tropas japonesas tinha sido interceptada, e, se Gillafsie e seus homens pudessem alcançar Mawlu ao crepúsculo, estariam bem colocados para dar as boas-vindas a um comboio de caminhões japoneses que provavelmente passariam pelo local entre a meia-noite e as três e meia. Mawlu era uma vila a dois quilômetros ao sul de Cidade Branca. Mais preocupante, contudo, Gillafsie ouviu dizer na madrugada da noite anterior que os batedores karenes em Aberdeen tinham avistado um pelotão japonês próximo a uma das vilas por onde o kyaftin passara com seus homens. Era bastante provável que os japas estivessem farejando seu rastro.

Gillafsie era confrontado por um dilema: deveriam continuar com a rota que haviam escolhido, que os levaria a Mawlu bem antes do crepúsculo e com tempo suficiente para preparar uma emboscada? Deveriam dar meia-volta e surpreender seus perseguidores? Ou deveriam continuar a marcha à Cidade Branca, porém tomando uma rota diferente, possivelmente mais segura embora mais longa? A rota mais longa era apenas levemente mais longa, mas infinitamente mais difícil de manobrar. Era paralela à trilha que estavam seguindo, cerca de três quilômetros para leste. Durante a Operação Longcloth, a anterior incursão chindit para as tripas do inimigo, a trilha salvara muitas vidas chindits quando os japoneses estavam quentes em seu encalço, mas também cobrou seu preço em sangue. Muitos que buscaram refúgio nela foram salvos dos japoneses mas ceifados pelas brutais armadilhas da selva traiçoeira.

Gillafsie convocou uma reunião com os comandantes de seu grupo; os batedores karenes votaram por continuar na trilha escolhida. Destacaram que, se os japas realmente estavam seguindo seu rastro, também estariam a uma distância de pelo menos meio dia de caminhada e, embora os japoneses fossem lendários por suas proezas de resistência, o calor que punia os chindits também não os pouparia. Os japoneses lutavam bem na selva, era preciso admitir, mas a selva também estava coberta por seus ossos. Os gurcas concordaram, mas queriam acelerar o ritmo da marcha. Samanja Show, que era comandante de um destacamento, queria informar aos homens a situação. Sentia que poderia concentrar suas mentes. Mas sempre havia uma certa rivalidade entre os suboficiais britânicos e seus equivalentes nigerianos que, naturalmente, sentiam que era melhor não dizer nada. Mas tinham boas razões para pensar assim. A maioria de seus homens ainda não tinha sido testada em batalha, e até que um homem fosse testado em batalha, ninguém, nem mesmo o próprio homem, podia dizer se ele usaria o medo para salvar sua vida ou se perderia sua vida por causa do medo. A notícia de que os japoneses estavam correndo em seus calcanhares poderia concentrar mentes ou acabar deslanchando o pânico entre os homens.

— Bolas — disse Show —, eu estive na Nigéria por quatro anos. Conheço estes homens tão bem quanto conheço a palma da minha mão.

Kyaftin Gillafsie, que passara os primeiros sete anos de sua vida na Nigéria, e os 19 seguintes entrando e saindo de lá, não disse nada.

Gillafsie decidiu que deveriam continuar na rota escolhida, que haveria menos paradas de descanso e que não deveriam divulgar as notícias aos homens. Mas, por precaução, também enviou um dos batedores de volta pela trilha que tinham percorrido para atuar como espião.

4

A parada de almoço foi boa para os homens. Pareciam tão descansados como na saída de Aberdeen, e a floresta começava a perder seu poder de amedrontá-los. Eles já não viam um atirador atrás de cada tronco, e, quando um gigantesco galho subitamente despencou de uma árvore e veio abaixo com estrondo, eles mal piscaram.

Um dos homens até começou a assoviar e recebeu ordens de calar a boca. Ele estava assoviando o grito que era a marca registrada de Tarzan nos filmes *Tarzan, o homem macaco* e *A companheira de Tarzan*; tinha visto as duas películas no cinema local de sua cidade, o Rex, logo ao lado do grande mercado da praça Sabon Gari, em Kano.

— Aquele foi mesmo *majigi* — disse Danja, saudosamente.

— O primeiro ou o segundo? — perguntou Guntu.

— Prefiro o segundo. O primeiro é chato — declarou Zololo com ar de grande autoridade. Ele deveria saber; viu o primeiro duas vezes porque dormiu na primeira vez e viu o segundo quatro vezes porque não se cansava do filme. E continuou a falar em detalhes sobre estes e muitos outros *dodon bango*, "espíritos malignos das paredes", outro termo popular para o entretenimento fornecido quatro noites por semana a um xelim por entrada no Cinema Rex. Eles também conversaram sobre seu destino imediato, a Fortaleza Cidade Branca. Por que, Quebla queria saber, era chamada de fortaleza?

— Isso vem da Bíblia — respondeu Godiwillin. — Do livro de Zacarias: "Voltai à fortaleza, ó presos da esperança." Foi daí que o Janar tirou essa ideia. — Erguendo a voz, ele perguntou: — O lema da fortaleza é...?

— Render-se jamais — responderam diversas vozes.

A fortaleza, aprenderam, era um refúgio para chindits feridos. A fortaleza era um depósito de armamentos. A fortaleza era uma pista de pouso defendida, um centro administrativo para habitantes leais e uma órbita em torno da qual circulavam colunas da Brigada. A fortaleza também era uma base para aviões de pequeno porte operando com colunas contra o alvo principal. Acima de tudo, a fortaleza era um *machan* vigiando uma criança amarrada como isca para o tigre japonês. Em outras palavras, a fortaleza era um manto vermelho erguido diante de um touro enfurecido.

— Primeiramente, desejamos encontrar o inimigo em campo aberto e de preferência em emboscadas preparadas por nós — escreveu o Janar no manual de instruções secreto usado para treinar chindits. — Segundo, desejamos induzi-lo a atacar apenas em nossas fortalezas defendidas. Para assegurar ainda mais nossas vantagens, e, diante do fato de que o inimigo será superior em número em nossas imediações, devemos escolher para nossas fortalezas áreas inacessíveis a transporte sobre rodas. Nós imporemos nossa vontade ao inimigo.

Os homens em marcha conversavam sobre isso e aquilo etc. Gradualmente, as vozes silenciaram e tudo que continuava era o som dos sojas lutando para respirar. Era estranho como a exaustão os pegava desprevenidos; num momento, um homem sentia que poderia continuar marchando para sempre, e logo no instante seguinte ele queria sentar-se, apenas se sentar por alguns segundos, só por uns poucos segundos, Samanja.

Logo nasceu o sol e com ele o calor se intensificou, tornando impossível respirar; assim, os homens começaram a cair. Para sorte daqueles que, como Zololo, caíam e depois recuperavam a força para continuar, o progresso da marcha diminuíra para pouco mais que um arrastar de pés, e deste modo ele conseguiu alcançá-la.

Logo depois que Banana levou seu susto com os vaga-lumes, começou a sofrer com dor em silêncio, indagando se conseguiria continuar. Zololo agora ficava quieto a maior parte do tempo, mas de vez em quando recobrava a voz e praguejava contra os gurcas da vanguarda com vigor. Samanja Show também xingava. "Malditos", Banana o ouvia dizer "malditos".

Banana concordava completamente com o sentimento, mas também estava cansado demais para fazer coro aos xingamentos. Praguejar, em qualquer caso, não era de seu estilo. Ele ouviu outra voz que soava familiar e ergueu os olhos. Era o Kyaftin Gillafsie um pouco mais à frente na fila, caminhando na direção contrária à marcha e falando com cada homem, incitando-os a continuar. Era a primeira vez que ele colocava os olhos no kyaftin desde que este deixara sua posição atrás de Banana, pouco depois dos vaga-lumes, e correu para a frente da marcha.

Damisa também reapareceu. Tinha sumido logo depois do kyaftin, retornando pela trilha.

— Estarei de volta daqui a pouco — murmurou ele para Banana. — Se alguém perguntar por mim, diga que parei para responder ao chamado da natureza.

Na verdade, ele estava voltando para procurar por Quebla e Guntu e Danja e os outros homens que caíram às margens da trilha. Muitos tinham desistido, e Damisa estava convencido de que poderia persuadir um ou dois retardatários a ficar de pé. E agora ele retornava. Banana não perguntou como o Samanja se saiu. Ele voltou sozinho; isto dizia tudo.

— Que horas são? — perguntou Banana. — Deve ser meia-noite ou mais.

— Na Nigéria, sim. Aqui em Burma, são apenas 16h — disse o Samanja Show. — Entretanto, você está certo. Realmente parece meia-noite... amanhã.

— Mas a lua, Samanja, a lua — disse Banana debilmente, apontando para cima.

— Que lua? — perguntou Zololo, começando a engasgar com risadas apesar de tudo.

O que Banana confundira com o luar era na verdade um escurecimento dos céus fora de estação. As nuvens começaram a se reunir logo após o incidente das labaredas de vaga-lumes.

Minutos depois que falaram, um lampejo de eletricidade desenhou um rasgo através dos montes e, enquanto uma chuva poderosa e trovejante começava a cair, um audível suspiro de alívio correu pela fila. A marcha parou e os homens tiraram as mochilas e se sentaram sob o aguaceiro, sorrindo tola e alegremente como crianças.

A chuva durou um quarto de hora e depois diminuiu a uma garoa, e o sol, ainda feroz e abrasador, retornou. Mas o calor agora já não importava tanto. E não importava que suas mochilas agora estivessem duas vezes mais pesadas. Quando a marcha recomeçou, seus espíritos estavam renovados e seus passos mostravam isso.

Duas horas depois, quando a vila de Mawlu apareceu a distância, cada homem que ficara para trás se reunia novamente ao pelotão em marcha.

5

Às quatro da manhã ainda não havia nenhum sinal do comboio japonês. A postos com fuzis, metralhadoras Bren, granadas Mills e lança-rojões Piat antitanques, os chindits esperavam, ajoelhados, de pé e sentados em posições ocultas ao longo da estrada de Mawlu. A vila ficava a apenas um quilômetro e meio para o norte. Atrás dos soldados, uma linha férrea corria paralela à estrada. Nem um único trem passara desde que Gillafsie e seus homens chegaram ali, havia mais de dez horas. Mesmo que algum passasse às costas do pelotão, os arbustos e árvores vultosas nos pedregulhos que assomavam sobre a estrada abaixo os manteriam invisíveis ao olho nu.

Para a emboscada, Gillafsie escolheu um ponto na estrada onde ela galgava uma colina por cerca de 50 metros vindo do sul e depois fazia uma curva morro abaixo por mais 50 metros antes de se dobrar numa virada aguda para o norte.

Esperavam que o alvo chegasse do sul, mas não importava muito de qual direção viria. Veículos aproximando-se de qualquer direção seriam forçados a diminuir enquanto manobravam na subida. Gillafsie escolhera seus melhores homens para o grupo de assalto. Foram colocados mais perto do esperado ponto de contato com o comboio. Damisa e Zololo estavam neste grupo. Plantada em vários pontos mais altos e mais atrás estava outra unidade, cujo trabalho seria providenciar fogo de cobertura para o grupo de assalto. Esta unidade era tão importante quanto o grupo de assalto e era ancorada por Samanja Show, que tinha fama de ser algo próximo de um atirador de elite. As ordens permitiam abrir fogo somente se o inimigo começasse a fugir e o grupo de assalto se visse forçado a deixar seus esconderijos e expor-se na perseguição. Os muladeiros, os animais e dois dos sinaleiros montavam guarda a alguns metros de distância, escondidos atrás de um bambuzal, vigiando a retaguarda com um sinal pré-arranjado para alertar os outros se avistassem algo suspeito.

Banana se via de bruços junto a Aluwong, um rapaz de cerca de 19 anos que pertencia a outro grupo. Aluwong era de Kagoro, uma pequena vila de montes pedregosos junto à cidade mineradora de Jos. Banana o notara algumas vezes na base da Índia, mas seus caminhos não se haviam cruzado até aquele momento. Entre os dois havia uma caixa de granadas que se pareciam muitíssimo, ambos comentaram, com uma cesta de cebolas. Deviam enfiar a mão na caixa assim que o grupo de assalto abrisse fogo e atirar as granadas em qualquer coisa que se parecesse com um inimigo ainda respirando.

Os homens tinham ordens estritas de não abrir fogo, nem mesmo fazer o mais leve movimento — mesmo que o inimigo parecesse estar se aproximando de seus esconderijos — até que um sinal de Kyaftin Gillafsie indicasse que todos os homens que tinham um alvo na mira deveriam atirar. O sinal era o tiro único de sua pistola sinalizadora Very de carregamento pela culatra, que, quando disparada no ar, emitia um clarão amarelo que por alguns segundos iluminaria a noite negra.

6

Após as instruções finais do kyaftin para a coluna e pouco antes de assumirem suas posições, a Seção D se reuniu.

— Não atirem alto demais — disse Damisa. Ele lhes dizia aquilo que já sabiam, instruções que tinham passado meses vivendo e respirando em treinamento. Mas, à exceção de Zololo, até onde Damisa percebia eram todos crianças. Não faria mal lembrá-los.

— O que quer que façam — repetiu ele —, não atirem no alto. Escolham seu alvo com cuidado. Se alguém mais próximo já o tem na mira, escolham outro alvo. Não atirem todos no mesmo alvo.

— A menos, claro, que só apareça um japa — disse Danja. Ninguém riu, e após um instante sua própria risada tornou-se constrangedora.

Guntu queria que o grupo orasse unido, mas Damisa se recusou. Não havia tempo para isso.

— Rezem sozinhos — disse ele. — Mas lembrem-se das palavras do Profeta: "Confia em Deus, mas amarra bem teu camelo."

Quebla rezou para os amuletos de couro amarrados em torno de seu pescoço. Um deles o tornava à prova de balas. Outro o fazia invisível para os inimigos. Um último assegurava que ele não errasse um tiro.

Tudo isto tinha ocorrido cinco horas antes; ainda não havia nenhum sinal do inimigo.

7

Banana e Aluwong foram os primeiros a sentir um tremor quase imperceptível no chão. Eles prestaram cuidadosa atenção mas não ouviam nada além da respiração dos homens a seu redor. Contudo, poucos instantes depois, sentiram o tremor novamente. Entreolharam-se e decidiram arriscar-se numa severa reprimenda do comandante. Aluwong cutucou Banana, indicando a posição do kyaftin.

— Não — sussurrou Banana. — Diga você a ele.

Mas não era porque Aluwong estava com medo de dizer ao kyaftin.

— Você está mais perto da posição dele — murmurou imperiosamente.

Banana podia ouvir seu coração latejando ruidosamente enquanto se preparava para falar.

Pensando em hauçá, ele ergueu sua voz ligeiramente e alertou o kyaftin, "São eles, senhor", e percebeu chocado que as palavras que saíram de sua boca estavam numa língua que achava não compreender. As palavras saíram em inglês.

A princípio, ninguém ouviu nada que justificasse o aviso de Banana. Passaram-se quase três minutos antes que um fraco ronco de motores vindo do sul alcançasse seus ouvidos. O pelotão estivera silencioso antes, mas agora estava tão quieto que até o zumbido de um mosquito pairando em torno parecia quase tão alto quanto os caminhões que gradualmente se aproximavam. Eles mal podiam respirar, mas também estavam calmos, até pacientes, felizes por firmar as mãos à espera do sinal do kyaftin.

Logo apareceu um caminhão na primeira subida e, enquanto descia vagarosamente, um segundo apareceu atrás e em seguida um terceiro. Os veículos viajavam com luzes apagadas, e a escuridão era tão densa que era impossível ver algo além de um metro de distância. Cada novo caminhão se manifestava pelo ruído de seu motor e o estrépito barulhento da mudança de marchas enquanto subia ou descia as encostas. Vozes japonesas murmurando discretamente e outras conversando alto rivalizavam com os motores nos ouvidos dos homens. Quando o primeiro carro se aproximava da curva para o norte, um quarto apareceu no fim da fila. Os disparos começaram no momento em que o clarão irrompeu da pistola de Gillafsie. Na escuridão total, cada homem e sua arma pertenciam agora ao time de assalto. Rojões disparavam em rápidas explosões, perfurando o metal. O caminhão à frente e o último foram os primeiros a explodir. A noite foi iluminada por grandes bolas de fogo. Por um breve instante, antes que a explosão esmorecesse, eles viram os rostos dos homens que estavam executando. Seus próprios rostos também foram acesos pelas solitárias línguas de fogo. Algumas faces estavam desfiguradas com a loucura biliosa do medo.

Uma bomba perdida decolou acima dos caminhões e se desintegrou em diversos explosivos menores ao atingir uma árvore como um machado de mil lâminas, despedaçando o grosso caule em incontáveis fragmentos e atirando o tronco superior decepado com sua coroa de galhos arrebentados contra o espesso matagal atrás. O cheiro de borracha queimada, madeira e carne carbonizadas penetrou-lhes as narinas. A emboscada não durou mais que cinco minutos. Mas levou diversos outros minutos para que os sons de armas pequenas e médias e explosões de granadas começassem a esmorecer. Logo os gemidos e gritos que vinham dos caminhões também silenciaram.

Era impossível dizer se tinham abatido todos os japoneses. Sabiam que tinham destruído os quatro caminhões, mas a noite estava tão escura que era como se uma parede de aço negro tivesse crescido entre os soldados e a estrada abaixo.

Uma coisa que os britânicos aprenderam da amarga experiência foi que, se havia algum sobrevivente, eles permaneceriam nas proximidades da emboscada. Sojas britânicos, quando sobreviviam a uma emboscada, deixavam que seus pés fizessem o trabalho, e o mais rápido que podiam. Os japoneses não fariam tal coisa. Em vez disso, eles se entocariam em trincheiras na selva mais próxima, esperando pelo tempo necessário até que o próximo soja aliado entrasse no alcance de seus fuzis ou até que fossem rastreados.

Gillafsie decidiu que deveriam esperar pela luz do dia antes de examinar o estrago que tinham feito. Não houve nenhum viva de celebração, nenhum grito de vitória. Não porque tivessem piedade dos homens que assassinaram. Mas porque estavam exaustos. Tudo em que conseguiam pensar era dormir. Silenciosamente, eles se ocuparam em formar um perímetro entre a linha do trem e a estrada. Abriram fendas para as trincheiras e, embora já fossem quase cinco da manhã e a aurora se avizinhasse, os que não estavam em turno de sentinela caíram no sono assim que penetraram o interior da terra.

8

Banana e Aluwong compartilharam uma trincheira, e, enquanto este caía em profundo sono, Banana percebeu que não conseguia lembrar o nome de Aluwong e decidiu perguntar a Damisa antes de mais nada quando chegasse a manhã.

Menos de uma hora depois, ele despertou bruscamente com os disparos rápidos e secos de uma Bren. Banana saltou como num bote, alcançando seu rifle e checando se estava carregado, e então espiou para fora de sua toca. Quase quarenta outros pares de olhos espiavam de seus respectivos refúgios, imaginando o que estava acontecendo.

Palavrões altos e furiosos seguidos de uma risada de desculpas vieram do flanco leste do perímetro. Banana recuou para dentro de sua trincheira, colocando a mão na testa para apaziguar a súbita dor que ameaçava atravessá-la.

Ele não descobriu, e não estava imediatamente interessado em descobrir, o que causou os disparos, até que lhe foi dito mais tarde naquela manhã que foi o retorno de KoYe, o batedor karene que o kyaftin enviara na direção de Aberdeen no dia anterior. KoYe refez seus passos por todo o caminho até a fortaleza e não encontrou nenhum sinal do pelotão japonês que saíra para buscar. Caminhando só, mas ainda atrasado pelo peso da mochila, levou 15 horas para cobrir a trilha até Aberdeen e de volta a Cidade Branca. Quando ele chegou aos limites de Mawlu, demorou algum tempo para encontrar o pelotão, mas, quando soube onde estavam, eles já se encontravam a postos à espera do comboio. Para evitar ser confundido com um japonês e morto por fogo amigo, KoYe cavou uma toca a um quilômetro de distância do pelotão e assistiu ao desenrolar da emboscada. Ele esperou até a luz do dia para se aproximar do perímetro. O tiro que todos ouviram foi disparado pela arma de um sentinela exausto e excessivamente desconfiado que não tinha ouvido sua aproximação. Para sorte de KoYe, além dos nervos em frangalhos e de alguns arranhões adquiridos no mergulho que deu, ele estava, como diriam os gurcas, "Thik hai, Johnny".

— Não foi por isso que o Samanja Grace atirou nele — disse Aluwong a Banana, que ouvira a versão de Godiwillin para a história, que por sua vez a ouvira de Pash, que alegava tê-la ouvido do próprio KoYe. — Grace atirou nele porque, quando o confrontou, Ko não conseguia lembrar-se da senha.

— Quem lhe disse isso? — perguntou Banana.

— O próprio Grace me contou. Ele é comandante do meu grupo.

— Ouvi dizer — acrescentou Guntu, aproximando-se dos dois — que Grace o confundiu com um nativo hostil porque ele não estava usando seu uniforme quando apareceu no perímetro. Aquele homem tem tantas vidas quanto um gato. Aconteceu a mesma coisa com ele em Aberdeen.

— Quem disse isso? — perguntou Aluwong.

— Acabei de ouvir o kyaftin e o Samanja Damisa conversando sobre o incidente.

Naquele momento, Ko apareceu a distância, parecendo, como todos os outros, exausto e com olhos embotados. E, como os companheiros, ele usava o uniforme.

— Ele não estava com uniforme quando saiu ontem — disse Guntu afastando-se, olhando criticamente para o uniforme britânico de Ko como se o homem o tivesse decepcionado pessoalmente.

— Tem quantos ali? — perguntou Aluwong. Estavam de pé na fronteira do perímetro olhando para os caminhões destroçados um por cima do outro, perfurados com enormes buracos e cheios de corpos.

— Samanja Damisa contou 35 pares de botas. Alguns estavam decepados da cintura para cima, mas cada um ainda tinha suas botas postas.

— Pobres filhos-da-mãe. Eu me pergunto o que vai acontecer com suas botas.

— Vamos queimar todos os mortos junto com as botas quando a equipe de limpeza retornar do matagal com os outros corpos.

— Samanja Damisa disse que alguns deles têm dentes de ouro — disse Banana, olhando para os cadáveres retorcidos abaixo.

— Por que ele estava vasculhando a boca de um homem morto? O que estava esperado encontrar?

— Ele desceu com dez homens. Estavam buscando por coisas que poderiam ser úteis à Seção de Inteligência na Índia.

— Como sabiam o que procurar?

— Não sabem. Simplesmente recolhem tudo, cadernos e diários em especial, e os enviam para a Inteligência. Um deles estava usando uma espada samurai.

— O que é isso?

— É uma espada — explicou Banana com grande bocejo. Ele encarou Aluwong. — Você acha que nós matamos algum?

Por um momento, Aluwong pareceu confuso. Depois disse:

— Com os bacaxus, você quer dizer?

As granadas Mills de ferro sulcado eram parecidíssimas com abacaxis.

— Sim. Nossos bacaxus pegaram algum deles?

— Não sei — disse Aluwong esfregando os olhos. — Eu só puxei os pinos e joguei os bacaxus o mais rápido que pude. Estava apavorado demais para olhar.

— É estranho o que esses bacaxus podem fazer — disse Banana após um longo silêncio, escondendo as mãos quando elas começaram a tremer.

— Este lugar me lembra minha terra natal — disse Aluwong. — As pedras, o bambu, os cactos. Tudo me lembra Kagoro. Eu não ficaria surpreso se aqui crescessem mangas também. Meu Deus, eu realmente poderia comer uma manga agora.

— Eu me contentaria com um dia inteiro de sono.

— Eu também. É a primeira coisa que vou fazer quando chegarmos à Cidade Branca. Vou cavar um grande e belo buraco no chão para mim, abrir minha esteira e me esticar como um príncipe.

— Eu sei. Você já me disse isso ontem — respondeu Banana. — E eu ia perguntar ao samanja quando o encontrei há pouco, para não ter que perguntar duas vezes a você, mas acabei esquecendo. O samanja, sabe...

— Que samanja?

— Samanja Damisa. Ele nunca esquece um nome. Diga, Aluwong, qual é o seu nome? — *Sunan ka ya bace mini*, disse Banana, "seu nome me fugiu à lembrança".

As mãos de Banana pararam de tremer. Ele esperava que Aluwong respondesse à pergunta, mas Aluwong simplesmente o encarava. Então Banana percebeu por que não obtivera resposta:

— Aluwong, é claro — disse Banana.

— Que engraçado — disse Aluwong. Ele pensou a respeito e repetiu: — Muito engraçado. — Contudo, ele não ria. Estava muito cansado e o esforço teria sido demasiado. Mas ele realmente achava engraçado, embora não conseguisse dizer por quê.

— Você não vai acreditar nas coisas estranhas que têm acontecido comigo ultimamente — disse Banana. — Durante a marcha de ontem, por exemplo, quando chegamos na frente daqueles vaga-lumes...

Mas a mente de Aluwong tinha se deslocado para outras questões, e ele não estava ouvindo Banana.

— Esqueci de tomar meu Mepacrine ontem... — começou ele.

Aluwong não terminou a frase. Uma saraivada de Brens, tiros de fuzis, explosões de granadas e submetralhadoras japonesas irromperam da selva do outro lado da estrada. Quando caíram de bruços, com balas perdidas zunindo sobre suas cabeças, Banana virou-se para perguntar a Aluwong se ele achava que a arma japonesa que atirava tão alucinadamente seria a feroz Nambu, que receberam instruções para evitar e até lições de como usá-la. Aluwong jazia imóvel, o lado direito do rosto enterrado na grama, os olhos arregalados com uma expressão de ligeira surpresa, um buraco na testa cuspindo sangue e derramando fragmentos de seu cérebro. As balas ainda assobiavam em torno. Barriga colada ao chão, Banana arrastou-se para longe do perímetro, o rosto colado na terra enquanto vencia com as unhas o caminho para a segurança de sua trincheira.

9

Banana mal tinha entrado em seu buraco quando ouviu a voz de Damisa ganindo para ele:

— Vamos, Ali! — disse ele. — O time de limpeza precisa de cobertura.

Banana não podia fingir que não tinha ouvido. O samanja o olhava, completamente alheio, ao que parecia, às balas sibilando ao redor.

O corpo de Aluwong ainda estava no mesmo lugar em que tinha caído. Alguém tinha jogado uma esteira sobre ele.

— Pegue o facão dele — disse Damisa, olhando severamente para Aluwong mas sem dizer palavra. — Pode ser útil. E a baioneta também.

— Hankali — Samanja Show exclamou atrás dos dois. "Tenham cuidado."

Alguns minutos depois, Banana e mais cinco homens seguiam o samanja para o outro lado da estrada. Taparam os narizes com a mão e correram diante dos caminhões. A quietude era fantasmagórica. Os disparos tinham cessado.

Eles passaram por uma teca que tinha um sinal talhado recentemente:

TÓQUIO 4.755 KM

À beira da mata, eles toparam com Zololo e Quebla ajudando Pash, que manquitolava entre os dois.

— O japa me pegou no joelho com uma Nambu — disse ele, desculpando-se. — Mas é só um arranhão. Dogo acabou com ele antes que pudesse fazer um estrago sério.

Pash insistia que poderia caminhar sozinho até o perímetro. Ele tentava ficar de pé sem ajuda, mas vacilava. Quebla abriu um frasco de rum e o colou à boca de Pash. Os olhos de Pash se acenderam assim que tomou um gole. Era justamente o tônico de que precisava, disse Pash, inalando uma tragada do cigarro que Zololo colocava agora entre seus lábios.

— Se um homem é paparicado desse jeito só porque ganhou um arranhão no joelho — disse Pash —, eu vou acabar voltando até lá e pedindo mais ao japa. — O rum foi um mundo de bênçãos para ele. Apoiando-se no ombro de um gurca, Pash partiu de volta ao perímetro, o rosto brilhando de suor e prazer.

— Kofur Um-por-Um — gritou-lhe Zololo.

— Sim, Dogo? — respondeu Pash, voltando-se.

— Cuide bem desse joelho. Não ande tão rápido — disse Zololo.

Era óbvio para todos que, apesar das alegações em contrário, Pash sentia imensa dor.

— O mato inteiro estava infestado de japas — disse Zololo enquanto entravam na floresta. — Mas acho que já pegamos a maioria.

O fogo recomeçou a cerca de 200 metros a oeste. Logo cessou.

— Devem ser Danja e Will. Eu vou até lá para ver se estão bem. Sigam em frente. Grace está lá à direita, com Samanja Ko e os Thik Hai.

Zololo dirigiu-se a oeste, seguido por Quebla. Eles viraram a leste e mal tinham andando 50 metros quando toparam com Grace e os gurcas.

— O homem passa o homem; nenhum homem passa Deus. A oportunidade só vem uma vez — dizia Grace em arremedo de inglês, batendo no peito. — Todos os vizinhos são primos do homem rico, mas o irmão do homem pobre não o conhece — declarou ele. Mas não estava nem perto de terminar. — Cuidem-se das mulheres caras — advertiu solenemente. — Sempre se lembrem de que não há condição permanente. Oportunidade perdida só uma vez. Bom conselho é comida pobre para família faminta. Cuidado com as vagabundas e muitos amigos. Nunca acredite em todos que amam você. Dinheiro difícil ganhar mas fácil gastar. Ambição é o último refúgio de fracasso. Amor de cantinho não é amor nada. Problema não toca sino.

Ele fez uma dança de guerra, sua *adda* afiada como navalha pingando sangue fresco.

Os gurcas o observavam, em completo assombro.

— Havia três deles — disse um dos gurcas cuja *kukri* também estava ensopada em evidências de uso recente. — Está certo deixar aqueles corpos ali? Grace disse que o capitão queria que todos fossem levados de volta ao caminhão.

— Não faz diferença onde estão. O Kyaftin só quer saber quantos são — Damisa disse ao gurca numa torturada mistura de fragmentos de inglês, hindustani e gurcali.

Eles ouviram a voz de Zololo vinda do outro lado do matagal. Ouviram também a voz de Danja. Zololo ria de algo que Danja tinha dito. *Calem a boca, seus loucos imbecis*, Banana gritou em sua cabeça, temendo que o samanja decidisse enviá-lo para descobrir o que estava causando tanta graça aos outros. Mas o papo e a risada de Zololo pareciam apenas assegurar a Damisa que tudo estava sob controle. Ele disse que poderiam voltar agora ao perímetro com os gurcas e Grace. Já eram quase 9 horas e o Kyaftin Gillafsie queria chegar à Cidade Branca antes do meio-dia.

Ko disse que os japas eram uns filhos-da-puta do demônio. Todos queriam morrer, disse ele, mas não antes de matar alguém primeiro. A única forma de ter certeza de que estavam mortos, mesmo depois de acertá-los, era atravessá-los com sua baioneta. Samanja Grace não parava de se desculpar com KoYe por quase ter dado cabo dele. Banana lembrou-se de que Aluwong lhe dissera que Grace era o comandante de seu grupo. Ele se perguntava se Grace estava sabendo de Aluwong. Estava prestes a contar-lhe as notícias enquanto emergiam do matagal e chegavam à estrada quando ouviram uma série rápida de grandes explosões às suas costas, seguidas por um grito de agonia. Quando saíram de trás das árvores onde se esconderam, viram uma aparição negra cambaleando em sua direção. Era Quebla. Seu rosto e uniforme estavam cobertos de sangue e pedaços de carne. Segundos mais tarde, Danja e Godiwillin apareceram atrás dele. Também estavam lavados em sangue.

— Onde está Dogo? — perguntou-lhes Damisa.

— Dogo está morto, sargento — respondeu Quebla.

Damisa piscou, parecendo ligeiramente confuso.

— Mas eu ouvi a risada dele ainda agora — disse.

— Dogo está morto — repetiu Quebla, tirando um pedaço de carne de sua cabeça pelada.

— Se está morto — disse Damisa —, onde está o corpo?

— Não resta nada dele para trazer de volta — disse Godiwillin. — Estávamos passando por um japa morto, achávamos que o desgraçado estava morto quando ele explodiu de repente. O maldito filho-de-mercadora provavelmente tinha um monte de granadas consigo. Deve ter visto nossa aproximação e puxou todos os pinos e se deitou em cima das granadas. Dogo tinha acabado de pisar nele quando tudo voou pelos ares e todos mergulhamos no chão. Quando levantamos a cabeça, não havia mais nada do japa. E nada restava de Dogo.

Desolado, Damisa se recostou contra uma árvore. Ele só tinha 26 anos; aos olhos de Banana, Damisa sempre se comportara como um homem duas vezes mais velho. Mas agora, enquanto ele apoiava a cabeça na teca, parecia um menino perdido.

— Prossigam — disse ele aos homens. — Preciso de um momento sozinho. Preciso pensar.

Enquanto eles se afastavam vagarosamente, Damisa gritou para o grupo.

— Quebla — disse Damisa —, como está sua cabeça?

— Minha cabeça está bem — respondeu Quebla. — Só estou abalado, só isso. Ficarei bem assim que me lavar.

— Estaremos partindo para a Cidade Branca dentro de uma hora — informou-lhes Damisa. — Quebla e Pash não devem carregar nenhuma bagagem. Espalhem seus equipamentos entre a seção. Não fiquem tão alarmados, garotos. A Cidade Branca fica logo ali. Uma hora de caminhada no máximo.

— Mas eu posso carregar minha própria bolsa, Samanja — protestou Quebla.

— Eu sei que pode — disse Damisa. — Mas eu acho que está ferido. Precisa ir com calma até que os médicos deem uma olhada em você quando chegarmos à fortaleza. Você, Ali, vá buscar o lança-chamas. Peça ajuda a Guntu. Precisamos queimar esses corpos nos caminhões antes de partirmos.

Banana se voltou para ir buscar o lança-chamas, mas a voz de Damisa o interrompeu em seu caminho.

— Diga a Guntu para dar-lhe uma mão — repetiu o samanja. E então ele pareceu lembrar-se de mais uma coisa. — O joelho de Pash estava bem feio — disse Damisa, olhando para Danja e Godiwillin. — Ele vai precisar que alguém lhe faça um par de muletas. — Logo seu olhar retornou a Banana. — Esqueça o lança-chamas. Samanja Show e seu grupo vão tomar conta dos janponisi mortos. Vá e encontre um lugar no perímetro e cave uma sepultura para Aluwong. Diga a Guntu para dar-lhe uma força.

Depois que o samanja terminou de falar, Banana voltou-se para Grace esperando por sua reação à notícia da morte de Aluwong. Mas o rosto de Grace não indicava coisa alguma. Ele ainda estava sob efeito de uma entorpecida euforia.

Deixaram Damisa onde estava e retornaram ao perímetro. Grace, gradualmente recuperando a consciência, disse que tinha sido uma longa marcha e que, quanto antes chegassem à Cidade Branca, melhor. Ele falou em dialeto e os gurcas não entenderam. KoYe afirmou que tinha ouvido o som de pesado tiroteio naquela manhã, vindo da direção da Cidade Branca. Quebla tinha uma insuportável dor de cabeça e não conseguia dizer muito.

Samanja Grace ainda tagarelava sobre sua expectativa de chegar à Cidade Branca quando subitamente parou, uma nuvem cruzando seu rosto, e agarrou Banana pelo pescoço.

— Por que Aluwong precisa de uma cova? — perguntou em hauçá. Era óbvio que só agora Grace absorvia a última ordem de Damisa a Banana.

— O senhor está me estrangulando, Samanja — disse Banana, golfando em busca de ar.

— Sinto muito, farabiti. Não foi minha intenção. — Grace largou Banana e depois, em um murmúrio, perguntou: — Onde ele está?

— Dentro do perímetro, senhor — respondeu Banana. — Sinto muito, Samanja. Eu ia contar ao senhor.

Mas Grace não o ouvia. Já estava correndo na direção do perímetro.

Os outros não disseram nada e não mudaram o ritmo de sua caminhada. Banana pensou ter visto alguns abutres pairando acima, mas começava a se precaver de estar vendo coisas que não existiam, e então se voltou para Quebla e perguntou:

— Aquilo ali em cima são abutres?

— Sim — disse uma voz atrás deles. — Eles limpam a sujeira.

Era Damisa. O samanja os alcançava.

— Eu voltei e achei isto — disse ele. — Agora pelo menos temos algo para enterrar.

Ele segurava um capacete com um buraco tão grande quanto um punho. Por um momento, quando o samanja ergueu o capacete enegrecido em contraste com o sol da manhã, Banana pensou que tudo não passara de um pesadelo e que agora ele acordava e Zololo estava lá, com eles, caminhando de volta ao perímetro, e logo chegariam juntos a Cidade Branca.

— Dogo — balbuciou ele —, pensei que você estava morto.

— Eu estou, estou mesmo — disse Zololo sem paciência. — O que é aquilo nas mãos de Damisa?

— Seu capacete — disse Banana. — Não está reconhecendo?

— Aquele não é meu capacete — respondeu Zololo. — Diga a ele que não é meu.

— De quem é aquele capacete, se não é seu?

— Do japa.

— Onde está seu capacete, então?

— Está bem aqui na minha cabeça — retrucou Zololo. E estava. O capacete de Farabiti Zololo estava bem ali na cabeça dele.

— Ali — chamou alguém às suas costas.

Ele deu meia-volta e viu Aluwong chegando a seu lado.

— O que o Samanja Grace está fazendo ali? — perguntou Aluwong.

— Está cavando sua sepultura — respondeu Banana.

— Ah — disse Aluwong sem maior interesse.

Eles pararam junto ao sinal de Tóquio.

— Para Tóquio ou para casa, Dogo? — Aluwong perguntou a Zololo.

— Para casa — disse Zololo.

— Por que não Tóquio, Dogo?

— Provavelmente o japa filho-de-mercadora não quer ver nossa cara, não acha?

— Creio que você tem razão, Dogo. Mas eu sempre quis ir a Tóquio. Sempre quis conhecer Tóquio e Nova York. Talvez na próxima. Vamos para casa, Dogo.

Não houve lágrimas de despedida; apenas uma breve e ágil continência e finalmente partiram, marchando de volta a Aberdeen, uma brigada de dois homens, bradando como num estádio de futebol:

Eu lembro quando eu era um soja,
Eu lembro quando eu era um soja,
Eu lembro quando eu era um soja,
Eu lembro quando eu era um soja.

Ipi iá-iá, Ipi ipi iá-iá,
Ipi iá-iá, Ipi ipi iá-iá,
Ipi iá-iá, Ipi ipi iá-iá,
Ipi iá-iá, Ipi ipi iá-iá.

Banana os observou por longo tempo, cantarolando junto em sua mente. Devolveu-lhes a saudação enquanto via suas costas desaparecendo a distância, imaginando se deveria contar ao samanja o que Zololo tinha dito sobre o capacete. Decidiu não dizer nada. Quando olhou para trás, descobriu-se sozinho. Os outros provavelmente o deixaram quando o ouviram conversando com Zololo e Aluwong.

Ele cruzou a estrada, cobrindo o nariz enquanto passava pelos caminhões. Passou pelo Samanja Show, que se dirigia para o outro lado, um lança-chamas pendurado em suas costas.

No interior do perímetro, Grace ainda estava cavando o túmulo de Aluwong. Banana acelerou o passo. Queria ver Aluwong pela última vez antes que a terra o cobrisse.

IV

Cidade Branca

1

A Cidade Branca emergiu numa fina névoa de pontos cinza que se revelaram, à medida que se aproximavam, lonas de paraquedas brancos tremulando nas copas de gigantescas árvores espalhadas por um quilômetro quadrado de montes espirais e vales abismais, assomando sobre uma ampla extensão de campos de arroz e florestas verde-escuras. Uma alta muralha de arame de concertina marcava os limites da guarnição.

A Cidade Branca não era de modo algum inexpugnável, mas qualquer um que tentasse entrar sem convite na simples praça-forte poderia presumir com razão que estaria morto antes mesmo de passar pela espiral de arame estendida em torno dela. Minas e balas antipessoal, destinadas a penetrar o corpo de um homem pelo pé até sair pela cabeça, estavam prodigamente enterradas em todas as vias para o bloco. Se as armadilhas não parassem o intruso, os mal-encarados sojas vigiando as cercas de arame providenciariam para que suas Brens e Stens dessem conta da tarefa. Atrás dos sentinelas postavam-se poderosos canhões Bofor e Howitzer, carregados e apontados em todas as direções, seus atiradores trocados a cada 12 horas, sempre prontos para o mais leve sinal de problema.

Uma rede de telefonia atravessava o subsolo sob trincheiras, abrigos e cabines antiaéreas espalhados por todo o bloco, e uma nova invenção, o rádio transceptor bidirecional chamado walkie-talkie, providenciava uma linha estável de comunicação entre os múltiplos braços do mecanismo de defesa da guarnição.

— Foi daí que a Cidade Branca tirou seu nome — Samanja Show disse a Banana, indicando os paraquedas. — Cada um destes paraquedas foi um lançamento de suprimentos que acabou não atravessando as árvores como convém. A maioria ficou agarrada ali na noite em que este pedaço de selva se tornou uma fortaleza. A princípio, nossos rapazes pensaram que era uma simples questão de subir nas árvores e soltá-los com facas. Mas logo descobriram como era estúpido fazer isso. Cada pobre-diabo que subia era derrubado por um atirador japa. Então eles pararam de tentar pegar os paraquedas e Cidade Branca se tornou seu nome, dado pelos pilotos. É um toque interessante; há um lugar em Londres, famoso pelas corridas de galgos, chamado "White City".

— Como pretendiam chamá-la antes disso? — bocejou Banana.

— As quatro outras praças-fortes foram batizadas segundo lugares famosos. Chowringhee tem o nome de uma avenida de Calcutá. Broadway tem o nome de um lugar em Nova York. Piccadilly fica no West End de Londres. E Aberdeen recebeu seu nome de uma cidade escocesa de onde vem a família do Janar. Não sei exatamente qual nome dariam à Cidade Branca, mas na verdade não havia intenção de montar uma fortaleza aqui. Se você olhar à sua esquerda, vai ver um trilho de trem. A Cidade Branca fica plantada bem no meio do caminho. Os trens costumavam passar nestes trilhos 24 horas por dia, carregando suprimentos de Rangun para as tropas japonesas mais ao norte. Agora eles não podem. A Cidade Branca foi estabelecida para fazer exatamente isso. É por isso que os janponisi estão fulos da vida. Os japas que nós mandamos correndo de volta ao Criador esta manhã eram reforços para aqueles que já estão atacando a Cidade Branca noite e dia.

— Cidade Branca é um belo nome — disse Danja. — Mas Argungu seria muito melhor.

— É de lá que você vem?

— Pela graça de Deus, Samanja.

— Eu me diverti um bocado por lá no ano passado, durante o festival da pesca.

— Minha nossa, Samanja! Que eu me divorcie se não estava lá também. Eu era um daqueles três mil pescadores. Por que não mandou me chamar? Eu teria apresentado ao senhor a lendária comida de minha esposa; *tuwon shinkafa* e *miyan kuka* com as mais saborosas lampreias que o senhor comeria na vida.

— Ah, arroz moído e cozido de folhas secas de baobá — disse o Samanja Show com um suspiro nostálgico. — E lampreia. Teria sido um banquete, Danja. Mas não faz nem uma semana que conheço você.

— Isso é verdade, Samanja. Mas não é desculpa.

Homens das unidades de patrulha os examinavam com olhos frios e exaustos do interior do perímetro. A entrada para a fortaleza era uma parede de arame farpado em espiral, que se abria no ponto exato em que a linha férrea ia de encontro ab-ruptamente a uma muralha de sacos de areia. Eles se espremeram pela passagem um de cada vez, rezando para que os japas não escolhessem aquele momento para lançar um novo ataque aéreo.

Suas preces foram atendidas, mas o último deles mal tinha passado pelo arame quando uma voz gritou "Busquem abrigo!", seguida instantes mais tarde por outra voz gritando "Dakota!", o que significava que o primeiro grito tinha sido um alarme falso. Queria dizer que havia uma aeronave se aproximando, mas não era avião inimigo.

O Dakota agora aparecia no céu, mas não pousou.

— É uma droga de um rebocador — alguém murmurou. O Dakota estivera rebocando um planador.

Minutos após o desaparecimento do C-47, o planador Waco, que fora trazido a reboque pelo Dakota e depois libertou-se quando se aproximavam da Cidade Branca, agora aparecia. O planador embicou na direção da pista de pouso da colina ocidental da fortaleza. Subitamente, o planador mergulhou no denso emaranhado de árvores no monte abaixo. Não se espatifou no chão, mas emergiu das árvores segundos depois, completamente redesenhado; suas asas tinham sumido, perfeita e completamente arrancadas. Era evidente agora que ele cairia. Mas, novamente, não caiu. Quando arremeteu num mergulho ao chão, a cabine e o nariz subitamente deram um tranco no ar, como se mil gigantes dentro da fuselagem tivessem sido atirados para a traseira do avião. Uma escavadora do tamanho de um jovem elefante selvagem caiu do Waco e capotou diversas vezes no chão. Terminado com sucesso o trabalho de parto, o planador arremeteu na densa floresta verde. Minutos mais tarde, a tripulação se arrastava às pressas para fora dos destroços. Um soja dos South Staffords com uma espessa barba subiu na escavadora e ligou o motor. Ela veio à vida com um rugido.

2

A guerra acabou para o Kofur Olu Fashanu duas horas depois que a coluna chegou à Cidade Branca. Os médicos da enfermaria situada na porta ao lado do QG da Brigada no centro da fortaleza deram uma única olhada em seu joelho destroçado e disseram que para ele agora só restava voltar à Índia. Em vez de mostrar gratidão, Pash irrompeu em furiosas lágrimas e insistiu que não partiria; tudo de que ele precisava era um descanso e seu joelho sararia sozinho, muito em breve. Os médicos lhe aplicaram uma injeção de morfina e o levaram numa maca para um avião de pequeno porte que chegara para evacuar as baixas.

A Seção D se aglomerou na pista aérea para dar adeus a Pash. O kofur estava inconsolável.

— Sinto muito — repetia sem parar, quando cada um chegava para abraçá-lo.

Ele soluçava como uma criança. Pouco antes que o avião levasse Pash embora, o Kyaftin Gillafsie saiu correndo de uma cabana de bambus acima do abrigo antiaéreo que servia como QG da Brigada. Gillafsie arrancou os dois distintivos da manga do uniforme de Pash e em seu lugar colocou três divisas de ponta. Os soluços do agora Samanja Pash tornaram-se mais altos. Ele ainda chorava quando o avião alçou voo e partiu para Hailakandi. Pash prometeu que estaria de volta assim que se curasse, mas todos sabiam que ele não voltaria. Os médicos não lhe disseram isto, mas contaram ao Kyaftin Gillafsie que a perna de Pash seria amputada na altura do joelho assim que ele chegasse à Índia.

Mais tarde, a Seção D se dirigiu vagarosamente para o rio Lodoso do lado sul. Telefones e walkie-talkies grasnavam incessantemente ao redor. Diversos sojas estavam montando seis Bofors adicionais e quatro canhões de 25 libras trazidos na noite anterior por 25 Dakotas em meio a pesado bombardeio japonês. Uma força-tarefa de Leicesters enviados para rechaçar o inimigo retornou com dez homens a menos do que os que tinham partido uma hora antes. Mas, para cada *brit* que morreu, os japas perderam dez de seus homens. Uma companhia de Fuzileiros Lancashire saiu em missão para explodir um depósito japonês de reservas de munição em Indaw, a 15 quilômetros de distância.

3

Nunca em sua vida Banana tinha visto tantos homens barbados num só lugar. Enquanto a Seção D se dirigia silenciosamente para o curso d'água, passaram diante de seus aposentos novos em folha, uma série de trincheiras que cavaram para si na chegada, algumas horas antes. Suas camas eram feitas de esteiras isolantes e lonas e objetos sortidos que liberaram dos numerosos destroços dos planadores espalhados por todo lado na fortaleza. Para os tetos, os homens colocaram dormentes da linha férrea atravessados em cima das trincheiras e os cobriram com lonas de paraquedas para abrigo contra o sol. Em seguida, ocultaram as lonas com camadas de terra para que ninguém que espiasse de um avião no céu visse algo além de terra intocada. Eles garantiam uma janela para o mundo exterior e espaço bastante para apoiar-se nos parapeitos e posicionar suas armas ao deixar apenas uma fresta de teto descoberto. Ela também servia como porta de entrada e saída dos quartos no Monte PO, seu novo lar na extremidade mais ao sul da guarnição.

O Monte Posto de Observação recebeu este nome durante os primeiros dias da fortaleza, quando os chindits descobriram que sua grande altura fornecia uma visão clara de Mawlu para os binóculos Barr & Stroud. O Monte Pagode ficava a oeste do Monte PO. Era chamado de Monte Pagode porque outrora tinha sido uma base japonesa. Quando os japas foram chutados para fora, deixaram um pequeno oratório shinto para trás. A leste via-se o Monte Nu, completamente despido de árvores. Ao norte, no sopé do Monte Falso — que ganhou a alcunha devido à falsa pista de pouso ali colocada para manter os japas distraídos —, ficava o rio Lodoso.

O córrego estava lotado de mulas, pôneis e homens quando a Seção D chegou. Os samanjas Show e Grace e suas seções já estavam lá.

— Independentemente do que façam, não bebam a água — advertiu o Samanja Show.

— Por que não? — perguntou Guntu. Estava desesperado por um gole.

Show apontou para uma placa ostensivamente exibida junto à margem.

— O que diz? — perguntou Guntu. Ele se virava bem em ajami, a escrita hauçá-arábica que aprendera na infância. Mas o alfabeto romano estava totalmente fora de seu alcance.

Godiwillin leu em voz alta. O aviso declarava:

ADVERTÊNCIA
JAPAS MORTOS NO RIO LODOSO
TODA ÁGUA DEVE SER CLORADA

O rio Lodoso, explicou Samanja Show, tinha este nome não por ser lodoso, mas porque a água era imprópria para consumo.

Guntu declarou que podia passar muito bem sem um gole.

— Não há um rio neste mundo — resmungou Danja com desdém — que não tenha um cadáver dentro. — Ele deu um salto na água.

Danja ficou sob a água por tanto tempo que alguém brincou nervosamente que a Seção D perdera seu terceiro membro em um dia. Instantes depois, Danja emergiu sorrindo de orelha a orelha. Era o primeiro mergulho de verdade que o pescador experimentava em muito tempo.

4

Guntu teve um desconcertante encontro com um japa junto ao rio naquela tarde. Decidido a não se aventurar no rio Lodoso por causa dos cadáveres, ele se afastou alguns metros e se sentou ao pé de uma árvore frondosa para fumar um cigarro. Quando aspirou o primeiro trago celestial e se recostou na árvore, perdeu o apoio das costas e se ergueu num cotovelo para ver a árvore saltando o arame de segurança e desaparecendo na floresta. Na pressa de sua fuga, a árvore pisou em uma mina terrestre e explodiu nos ares. Guntu interrompeu sua pausa para o cigarro e correu de volta ao rio por precaução, caso outras árvores subitamente desenvolvessem pés da mesma maneira. Daquele momento em diante — e pelo resto de sua vida — Guntu jamais tornaria a confiar numa árvore.

No caminho de volta a seus alojamentos no subsolo no Monte PO, os homens passaram pelo Forte Reno, uma imensa trincheira coberta por aço da linha férrea e cercada por sacos de areia. O Forte Reno era o estábulo das mulas.

Mal haviam retornado a suas trincheiras e acabado de se instalar para um merecido descanso, ouviram uma poderosa erupção vinda da direção de Mawlu.

"Protejam-se!", gritou uma voz num megafone.

Todos desabaram no chão, os rostos enfiados na terra, tentando tornar-se tão pequenos quanto possível. O projétil de um lança-foguetes estabilizado por rotação rugiu por diversos e aparentemente intermináveis segundos enquanto desenhava um arco de alta balística sobre a floresta para alcançá-los. Tornava-se mais feroz, ruidoso e aterrorizante enquanto se aproximava. O morteiro de 150mm explodiu em algum lugar atrás deles, em meio a árvores junto à pista de pouso dos Dakotas. Seus estilhaços eram tão poderosos que diversas árvores desabaram como se uma serra gigante as tivesse decepado. Foi seguido imediatamente por outro. E mais outro.

Da caixinha de surpresas dos japas, o cospe-brasa, como este pesado morteiro veio a ser conhecido, era a arma mais temida que os chindits já haviam enfrentado. Tinha o hábito perturbador de explodir antes que o som vibrante de sua chegada pudesse ser ouvido e muito antes ainda que os sojas tivessem tempo de buscar abrigo.

A Cidade Branca respondeu com uma bateria de fogo rápido dos 25 libras equipados com mira periscópica, capazes de descarregar cinco rajadas de cápsulas de aço com altos explosivos por minutos a fio, garantia de fazer um homem em pedaços a 12 quilômetros de distância.

Enquanto o cospe-brasa e outros morteiros japoneses de alta velocidade zuniam e rilhavam antes de explodir atrás, à frente, a leste e a oeste da Seção D, ou logo debaixo de seus narizes, o terror que agarrara Banana começou a esmorecer. Os músculos de seu peito relaxaram e ele começou a respirar novamente. A morte, percebeu, chegaria quando tivesse que chegar. Ele só podia rezar para que Deus não decidisse neste momento que seu tempo estava esgotado. Os rostos a seu redor estavam todos cobertos de pó, pedras, detritos. Carne despedaçada — de homens, mulas, pôneis — viajava pelo ar, manobrando com liberdade através das fendas dos telhados e aterrissando em cima dos sojas.

Godiwillin tinha um rasgo no braço, onde um pedaço perdido de aço do tamanho de uma bala calibre 38, fragmento da cápsula de metal de um morteiro japonês, o atravessou como uma navalha antes de se enterrar na parede acima de sua cabeça.

Quebla, cuja fé nos amuletos presos em torno de seu pescoço era inabalável, parecia sereno e impassível. Em dado momento durante os instantes mais apavorantes do bombardeio, as granadas caíam em séries de duas, três e quatro. Para assombro de todos, Quebla escolheu aquele momento para assomar do abrigo e erguer a cabeça acima do parapeito. Passou então a dar aos companheiros um vivo relato do Armagedon que acontecia acima deles. Só foi persuadido a retornar ao abrigo quando Damisa ameaçou nocauteá-lo.

Durante uma trégua no bombardeio, Damisa examinou a ferida de Godiwillin. Não era tão grave quando parecia.

— Mas esta — disse Guntu, arrancando o estilhaço da parede — foi realmente por um triz, Will.

— Eu nasci em Onitsha, dia 6 de abril de 1925 — disse Godiwillin, olhos fixos à frente, cansados mas inexpressivos. — Uma semana mais tarde, na catedral da Santíssima Trindade, fui batizado Godiwillin Lucky Nnamdi. Meu nome do meio é Lucky, Sortudo. Hoje faço 19 anos de idade. Não vou morrer no dia do meu aniversário.

Um morteiro caiu a apenas alguns metros de seu esconderijo, sobressaltando as entranhas de Banana até o cérebro.

Para celebrar o aniversário de Godiwillin, Quebla acendeu um cigarro e o passou na roda. Até Banana, que nunca tinha fumado um cigarro em sua vida, tragou uma baforada agradecida. Então todos se voltaram para o aniversariante.

— Feliz aniversário, Will — disse Damisa.

— Feliz aniversário, Will — disse Quebla.

— Feliz aniversário, Will — disse Danja.

— Feliz aniversário, Will — disse Guntu.

Banana era o próximo da fila a desejar feliz aniversário. Mas sua voz foi afogada por mais uma explosão.

5

A cáustica troca de bombas britânicas e granadas japonesas continuou sem trégua por mais de uma hora. Quando parecia ter finalmente acabado e os homens começaram a emergir de suas trincheiras, a sirene de ataque aéreo guinchou e todos mergulharam novamente em seus buracos.

Seis Mitsubishi Zero, lendários caças baseados em porta-aviões da marinha imperial japonesa, apareceram no céu acima do bloco com suas asas exibindo reluzentes símbolos vermelhos. Voavam em perfeita formação. Um após outro, os Zeros lançaram suas bombas numa série que começou perto do Monte PO, atravessou o Monte Nu, passou pelo Forte Reno, sobrevoou o Monte Falso e terminou logo acima do rio Lodoso. A queda das bombas foi acompanhada pelo brutal ra-ta-tá das metralhadoras médias apontadas das asas e capotas dos Zeros para o chão abaixo.

Três canhões Bofor entraram em ação. Os atiradores dos Bofors tiveram mais sucesso com seus alvos que os bombardeiros Zero. Três Zeros sacudiram quando atingidos. Nenhuma das bombas japonesas alcançou um impacto direto sobre os abrigos ou trincheiras, mas um Dakota estacionado na pista foi completamente danificado. Uma cratera funda como uma banheira e com a extensão de uma piscina foi aberta onde antes havia arame farpado junto ao Monte Falso.

Os Zeros inspiraram medo, mas não chegaram a modificar a história de Cidade Branca, nem alteraram tanto sua geografia. Os sapadores só precisaram de dez minutos e um rolo de concertina para fechar o vão que tinham criado. Tudo que os Zeros conseguiram com seus voos rasantes de alguns segundos à altura das árvores foi matar dois homens e três mulas; alguns outros ficaram feridos; vários desejaram retornar em pânico ao ventre materno e nunca voltar a sair; outros jamais quiseram ver nova guerra; e alguns se enfureceram a tal ponto que se tornaram — sem que sequer percebessem na época — homens cuja existência só fazia sentido quando matavam ou morriam tentando matar.

Houve silêncio, rompido apenas pelos gritos dos feridos em agonia, muito depois que os bombardeiros se foram. Já era quase crepúsculo. A escuridão total logo chegaria, e com ela chegariam também os japas, se continuassem fiéis à tradição.

Damisa sugeriu que usassem a trégua para recuperar um pouco do sono. Para todos exceto Quebla, "que trouxe seus amuletos mas esqueceu de trazer junto os miolos", murmurou um abalado Guntu, foi o mais aterrorizante dia que já tinham visto. Até mesmo Damisa, que pensava já ter visto de tudo, teve que admitir que nada na Campanha da África Oriental o preparara para um terror tão implacável.

Todos estavam agradecidos por se verem dentro das trincheiras. Nesse local assustador chamado Burma, estar deitado e encolhido no leito de um buraco fétido que parecia um caixão era como estar dentro de um palácio.

Banana esticou-se em sua esteira e fechou os olhos, sentindo-se, se não exatamente como um príncipe, pelo menos grato por estar vivo. Minutos mais tarde, ele levantou com um sobressalto, despertando com uma explosão ruidosa vinda da floresta além. Na manhã seguinte, o corpo de um japa de pernas curtas e ombros estreitos foi encontrado ali com um rasgo que se estendia do pé esquerdo à parte de trás da cabeça.

— Também não consigo dormir — soou a voz de Damisa na escuridão. — Quer um pouco de chá? Acabei de ferver uma panela.

— Eu ficaria agradecido por um pouco de chá, Samanja — respondeu Banana. Ele buscou sua caneca de metal na mochila e tateou seu caminho no escuro pela parede, saltando diversos corpos que roncavam para chegar ao samanja. Quando se sentou junto de Damisa e bebericou seu chá com gratidão, notou que o samanja tinha nas mãos o capacete perfurado da emboscada.

— Não vai enterrar isso, Samanja? — perguntou.

— Não — respondeu Damisa. Após um breve silêncio, ele acrescentou: — Não é o capacete de Dogo. Só notei que tinha um sol nele quando dei uma segunda examinada depois que o encontrei. Não, não é o capacete de Dogo. O capacete de Dogo não teria uma imagem do sol. Estou guardando como lembrança da emboscada e do dia em que Dogo morreu.

— Há quanto tempo o senhor o conhecia?

— Dogo? Nós nos conhecemos em nosso primeiro dia como aprendizes de carrasco na prisão da Autoridade Nativa em Sokoto. Era 1930, o ano em que você nasceu. Dogo tinha 11 anos. Eu era um ano mais velho.

Os dois meninos eram almajirai — pupilos em escolas *allo*, madraças improvisadas a céu aberto, às quais os filhos dos pobres eram mandados para aprender o Corão de cor. Os aprendizes, muitas vezes centenas deles, viviam na imundície de uma casa fornecida a eles por seu maulana, um imame[14] que brandia sua autoridade com um chicote de boi. Em troca de teto e educação, os aprendizes saíam em pequenos grupos pela comunidade para mendigar por comida para si e dinheiro para seu mestre.

— No mesmo dia, por puro acaso — continuou Damisa —, tanto o meu maulana quanto o de Dogo chegaram à mesmíssima conclusão de que nossas habilidades mendicantes deixavam demais a desejar. Não conseguíamos o suficiente para justificar nossa custódia. Então ambos tiveram a ideia de nos mandar para trabalhar com o executor, que tinha espalhado a notícia de que precisava de assistentes. Não sabíamos disso na época, nem o executor, mas começamos nosso aprendizado no mesmo dia em que a

[14]Sacerdote muçulmano que dirige as preces em uma mesquita. (*N. da T.*)

última execução pública aconteceu em Sokoto. Três homens condenados por assassinato pela corte do sultão foram levados da prisão ao mercado, onde foram exibidos em público antes de seu encontro com o destino. O método de execução era um golpe de espada. O homem condenado era obrigado a ajoelhar-se com as mãos amarradas às costas e o pescoço esticado. Em geral, quando só havia um homem a ser executado, os assistentes do carrasco distraíam o condenado ao caminhar na frente dele e puxar uma espada. O executor, que estaria de pé atrás dele, daria então um passo à frente e deceparia sua cabeça enquanto ele ainda estivesse de olho na outra espada. Nessa ocasião, contudo, havia três homens, e este método não poderia ser usado. Os condenados eram todos jovens. O mais velho não tinha nem um dia a mais que 30 anos. E não mostravam nenhum medo. Apenas fitavam a distância e esperavam calmamente. Nosso mestre executor era um homem tremendamente corpulento. Estava despido até a cintura e segurava a espada com ambas as mãos. Ele chegou ao lado do primeiro homem e decepou sua cabeça com um único golpe. A multidão emitiu um gemido, mas os dois homens restantes continuaram impassíveis. O executor adiantou-se até o segundo homem e novamente arrancou sua cabeça com um único golpe. Novamente a multidão soltou um gemido abafado, mas o terceiro homem permaneceu imóvel. Meu mestre aproximou-se e sua espada arremeteu pela terceira vez, mas errou o pescoço do homem e se enterrou entre o ombro e as costas. O sangue jorrou quando o executor arrancou a espada e a multidão parou de respirar por um momento, mas o condenado não manifestava nenhum medo ou dor. Em vez disso, ele virou a cabeça e olhou meu mestre de cima a baixo. "Ora", disse ele criticamente, "você deve ser capaz de fazer melhor que isso." Meu mestre pediu perdão com grande sinceridade. Ele não errou na segunda vez. Este foi o dia em que conheci Dogo. E rapidamente ficamos amigos. Ficamos tão íntimos após alguns anos que nos casamos no mesmo dia. Minha primeira filha e o primeiro filho dele nasceram com poucos dias de diferença. Nós nos alistamos no exército no mesmo dia. Não me surpreenderia se Deus decidisse que deveríamos morrer no mesmo...

A última palavra se perdeu na poderosa explosão que agora sacudia o Monte PO. Os japoneses estavam de volta e escolheram o flanco sul como seu primeiro alvo. Os homens adormecidos da Seção D acordaram com um salto, agarraram suas submetralhadoras Sten e encheram os bolsos com granadas. Cada homem se colou ao parapeito de sua trincheira e cautelosamente fez uma análise da situação. A princípio, nada podiam ver além de uma estonteante constelação de fragmentos incandescentes de morteiros e fogo de artilharia. Dois Zeros zuniram através da floresta a alguns metros da lateral do perímetro, lançando bombas que por sua vez explodiam as centenas de minas cuidadosamente plantadas ao redor do bloco.

Alguns minutos depois, cerca de cinquenta silhuetas emergiram da floresta e atacaram, gritando enquanto se atiravam de encontro aos arames. Todos brandiam torpedos Bangalore, uma carga explosiva colocada nos fundos de um tubo que detonavam quando alcançavam os arames, esperando fender as fortificações do bloco. Eram mortos instantaneamente, pelos explosivos ou pela brutal enxurrada de balas que os recebiam vindas de dentro do bloco. Esta inovação tática vinha dos mesmos estrategistas de guerra que inventaram os kamikazes. As equipes suicidas dos torpedos Bangalore tiveram sucesso em sua missão: uma brecha de considerável envergadura apareceu no arame e centenas de japoneses, precedidos por uma dúzia de cospe-brasas que forçaram todas as cabeças a recuar direto para o interior de suas trincheiras, correram para fora da floresta e enxamearam a fortaleza, disparando metralhadoras leves e atirando granadas em todas as direções.

Treze metralhadoras Vickers, uma delas comandada por Samanja Show e sua seção, e milhares de Stens, Brens e Mills choveram a morte sobre os japoneses e lançaram os sobreviventes de volta à floresta aos tropeções. A Seção D tinha muitos japoneses na mira e os abatia com eficiente facilidade. Banana focalizou um japa de sua própria altura e encheu suas costas e cabeça com chumbo. Ele viu o homem tombar como um saco e morrer.

O cheiro de cordite dominou o ar.

Centenas de sinalizadores em paraquedas, cada um capaz de queimar por diversos minutos com a intensidade de dezenas de milhares de velas, acenderam a floresta em torno da Cidade Branca de modo que a noite subitamente se tornou dia e tudo que se via em movimento era despachado por uma saraivada de tiros. Guntu vigiava pessoalmente qualquer árvore que se parecesse remotamente com um ser humano. Ele feriu dois japoneses de morte e matou dez árvores naquela noite.

Dois Mustangs P-51 americanos chegaram da fortaleza Broadway e deram uma mão a Cidade Branca. De grande altura, os P-51s repetidamente bombardearam as posições inimigas. Os Mustangs acabavam de retornar do ataque a uma pista de pouso japonesa onde pulverizaram dez Zeros em um só assalto. Tinham algumas bombas de fragmentação que restaram daquela missão. Como um sayonara especial, eles ejetaram as bombas sobre os japas enquanto retornavam para a base, abatendo centenas de inimigos e criando uma cratera na floresta que parecia ter sido aberta por um meteoro.

Aquilo calou os japoneses por quase uma hora. Mas ainda assim eles retornaram. Desta vez, a equipe suicida empalou-se nos arames junto ao rio Lodoso e ali explodiu um corredor. Mais uma vez, foram vigorosamente repelidos e enxotados de volta à selva. Vieram mais duas vezes naquela noite, em dado momento atacando simultaneamente da fenda no arame no Monte OP e na brecha no perímetro do rio Lodoso. A Cidade Branca entrou em fúria alucinada e deslanchou sete saraivadas de canhões antiaéreos Bofor nos intrusos. Um infeliz Zero enviado em missão para explodir as minas antipessoal próximas ao Monte Pagode viu-se respondendo a quase cinquenta Bofors, todos cuspindo contra ele ao mesmo tempo. O Zero explodiu no ar e arremeteu na floresta a menos de 500 metros do bloco. Foi tão profundamente despedaçado que o maior fragmento do bombardeiro de nariz alto encontrado na manhã seguinte não era maior que um livro de bolso. Nada restava da tripulação; era como se tivessem sido vaporizados.

Finalmente, pouco antes do amanhecer, os japoneses desistiram da luta e retornaram à sua guarnição em Mawlu. Mas as explosões não cessaram. As forças-tarefas enviadas no dia anterior prepararam uma elaborada rede de emboscadas para os exaustos sojas japoneses em retorno à base. Quase todo lugar para onde as tropas do General Tojo se dirigiam num raio de 2 quilômetros acabava revelando a mais desagradável das surpresas.

Quinze chindits morreram naquela noite. Quase trezentos sojas japoneses pereceram.

6

Se o rio Lodoso era impróprio para o consumo anteriormente, agora era praticamente imprestável para qualquer um além dos abutres. Centenas de corpos japoneses inchados, parte do comboio que abrira os perímetros do Monte Falso, flutuavam na superfície até onde os olhos podiam ver. Antes que o rio fosse isolado e declarado totalmente fora dos limites para os habitantes da Cidade Branca, contudo, o trabalho de vagar pela água e buscar nos pálidos corpos desfigurados por material que pudesse ser útil à Inteligência tinha de ser levado à frente.

Esta desagradável tarefa recaiu num grupo que incluía a seção do Samanja Grace. Usando grossas luvas de borracha e máscaras, os infelizes sojas se puseram diligentemente ao trabalho. Levaram praticamente meio dia e de fato recuperaram um tesouro de mapas, cartas e um telegrama, provavelmente nunca enviado, do comandante local japonês implorando por reforços ao quartel-general.

Pouco depois do meio-dia, enquanto a Seção D dava os retoques finais às novas cercas onde o arame fora destruído junto ao Monte PO, um chamado ecoou nas redes de telefone e rádio, convocando o Samanja Graceworthy Zuma a se apresentar imediatamente ao QG da Brigada. Samanja Grace jamais se apresentou ao QG e foi declarado desaparecido naquela tarde, junto com outros dois nigerianos — um kofur e um farabiti — que estavam trabalhando com ele.

Guntu imediatamente declarou que os homens tinham sido sequestrados pelas árvores. Ele foi diretamente ao Kyaftin Gillafsie e expôs sua tese. Gillafsie, que tivera menos de duas horas de sono em três dias, fitou-o silenciosamente antes de perguntar se ele tinha deixado de tomar seu Mepacrine durante a semana passada. Guntu replicou, sinceramente, que não. Gillafsie perguntou se ele era chegado ao álcool. Guntu respondeu educada porém irritadamente que, embora apreciasse um gole ocasional, não estivera nem perto de "alkwan" desde o dia anterior à viagem da coluna da Índia à Cidade Branca. Gillafsie respondeu que não o estava acusando de nada; estava meramente oferecendo um drinque. O kyaftin procurou em sua bolsa e sacou uma garrafa pela metade de Johnnie Walker. Ele serviu uma dose do potente "alkwan" escocês em dois copos — um para si e outro para Guntu. Brindaram à saúde um do outro e depois o kyaftin dispensou o farabiti, dando-lhe ordens para tirar um cochilo antes que os japas chegassem para a briga novamente naquela noite.

Na hora da noite em que os japoneses retornaram, todas as fendas do embate anterior já tinham sido seladas, os feridos evacuados, os chindits mortos, enterrados, abrigos danificados, reparados e minas e armadilhas recolocadas.

Um incidente que ocorreu enquanto Quebla trabalhava com um destacamento de gurcas, replantando os dispositivos antipessoal, reforçou sua convicção de que seus talismãs o protegeriam não apenas de atrocidades do inimigo, mas de fogo amigo também.

O incidente aconteceu perto do Monte Pagode. Um dos sapadores, provavelmente por exaustão, tropeçou na ignição de uma armadilha que eles mesmos haviam acabado de plantar. O homem, que estava na retaguarda do time de minas, com Quebla diretamente à sua frente, perdeu seu pé direito na explosão que se seguiu. O restante da equipe, em segurança fora do alcance da armadilha, não pôde fazer nada para ajudar. A explosão detonou outra mina plantada perto demais da primeira e Quebla subitamente se viu de pé dentro de um campo minado com armadilhas explosivas detonando por todo lado a seu redor, enquanto ele continuava completamente intocado. O que o salvou foi um sentimento de avassalador desprezo pelos estúpidos demônios que ousavam explodir enquanto ele, o invencível Jelome Quebla-Galafa Yahimba, ainda estava passando por ali. Para mostrar seu desagrado às míseras bombas, aos estúpidos estilhaços e aos ridículos dispositivos de fragmentação, Quebla manteve-se absolutamente imóvel e os encarou com altivez. Foi salvo porque ficou parado.

Depois daquilo, quando Quebla contou o incidente à Seção D, até Guntu, que se irritara mais que todos os outros com as palhaçadas de Quebla no dia anterior, olhava-o com novo respeito. Era a primeira vez, disse Guntu, que ouvia falar de um homem sendo salvo da morte pela absoluta imensidão de sua estupidez. Declarou aquilo como um elogio, sem ironia. Seu tom indicava que a estupidez era a nova religião que ele, Guntu, queria desesperadamente seguir. Especialmente agora que as árvores não apenas davam para andar, mas também para sequestrar seres humanos.

Como todos os outros membros da Seção D, Guntu chegou a Burma completamente armado com poderosos amuletos. Os amuletos de Guntu, que ele usava atados ao tornozelo, eram feitos de inscrições do Sagrado Corão ocultas em pequenas contas costuradas. Guntu não compreendia por que os amuletos pagãos de Quebla — que, como todos sabiam, eram completamente inúteis — haveriam de enchê-lo de confiança tão temerária. Um dos amuletos de Guntu continha todos os noventa nomes secretos de Deus, e ainda assim os japas se transformavam em árvores às suas costas. Isto o inquietava profundamente.

Guntu era um homem assustado. Estava paranoico. Estava tão apavorado que quase se matou naquela tarde. Não foi uma tentativa de suicídio, mas um mero caso de confusão de identidade. Aconteceu pouco depois que ele deixou a trincheira do Kyaftin Gillafsie. O magnífico whisky aquecera suas entranhas e o mandou correndo para responder ao chamado da natureza numa das fossas espalhadas por todos os cantos do bloco. Guntu terminou e estava retornando à trincheira quando alguém tentou saltar-lhe em cima no momento em que ele passava por uma árvore. Guntu se abaixou e então enfiou a mão no bolso e agarrou a primeira coisa que encontrou, que acabou sendo uma Mills. Ele puxou o pino, lançou a granada no atacante e mergulhou por abrigo quando ela explodiu. Um minuto depois, ele se pôs de pé e começou a procurar nos arbustos por restos do inimigo que acabara de matar em autodefesa. Mas além de traços da bomba estilhaçada, não havia mais nada. Além do próprio Guntu, não havia mais ninguém no lugar. Ou era o que ele pensava — até que um sexto sentido lhe disse para dar meia-volta. Ele deu meia-volta e viu seu atacante tentando se esconder atrás dele. Guntu buscou uma pistola de serviço e atirou repetidamente no japa. Os outros chindits, atraídos para a cena pelo som da explosão da granada, esperaram até que Guntu esvaziasse sua pistola antes de cair em cima dele e dominá-lo. Quando os médicos da enfermaria lhe perguntaram por que ele estava tentando matar sua própria sombra, Guntu fitou-os como se estivessem todos loucos. Por que em nome de Deus ele faria uma coisa assim?, perguntou. Eles destacaram delicadamente que ele foi encontrado atirando em sua própria sombra.

— Eu não estava atirando na minha sombra — informou Guntu. — Estava tentando matar um japa que se transformou em minha sombra.

— Mesmo? — disseram eles.

— Mesmo — retrucou Guntu. — Ontem vi com meus próprios olhos quando uma árvore se transformou de repente num japa. O que posso fazer se esses japas ficam se transformando em um monte de coisas? Tenho que me proteger. Não quero acabar como o pobre Samanja Grace e aqueles garotos que foram sequestrados esta manhã, provavelmente por japas disfarçados de árvores ou até de sombras.

Os médicos fizeram um teste rápido com Guntu e declararam que ele se encontrava em formidável estado de saúde. Concluíram que ele estava de brincadeira ou fingia estar louco para ser invalidado e enviado de volta à Índia. Deram-lhe uma injeção de placebo no braço para os nervos e o enviaram em marcha de volta ao Monte PO.

A injeção fez milagres para o espírito de Guntu naquela tarde, mas ele não estivera nem brincando nem procurando por uma desculpa para ser mandado embora. Tinha visto o japa, e o filho-da-mãe se camuflou como sua sombra. Ele só recuperou sua sombra depois que encheu a ditacuja de pólvora. Suspeitava que o japa tinha entrado em sua sombra enquanto ele estava ocupado respondendo ao chamado da natureza. Dali em diante, e pelo resto da vida, Guntu só sairia para cagar à noite se estivesse bem longe de qualquer fonte de luz, e durante o dia apenas se pudesse ficar de olho em sua sombra.

Quebla acreditava que Guntu tinha perdido a razão. Por que mais o baixinho o vivia chamando de idiota por ser invencível? Ele sussurrou isto para Damisa porque não queria entrar num bate-boca com Guntu. Damisa declarou que, até que Guntu começasse a ganir como um cão raivoso, seria precipitado tirar qualquer conclusão sobre sua saúde mental. Ele não revelou se achava que Quebla era idiota, invencível ou ambos. Mas prometeu nocauteá-lo com a coronha do fuzil se ele tornasse a tentar aquela façanha do dia anterior. Um soja, afirmou Damisa, era muito mais útil invencível do que morto.

Danja achava injusto que os japas tivessem morrido em tão grande número no rio Lodoso. Sonhara tanto com uns mergulhos diários, o único luxo que a Cidade Branca oferecia, mas agora aquele simples prazer lhe fora tirado pelos cadáveres estufados. Simplesmente não era justo.

Banana disse que Kingi Joji aparecera para ele num sonho e declarou que a guerra estava acabada. Kingi Joji se parecia com o Janar, mas estava vestido com a túnica esvoaçante do Emir de Zaria. Banana ficou bastante abalado quando acordou do sonho e viu que Kingi Joji tinha mentido para ele. Com um sorrisinho nos olhos, Danja confortou-o com a afirmação de que na verdade também tivera o mesmo sonho. No sonho de Danja, quem apareceu foi o próprio Emir de Zaria, dizendo que a guerra estava acabada. O emir estava vestido com a túnica esvoaçante de Kingi Joji. Danja também ficou muito abalado quando acordou e descobriu que o emir tinha mentido para ele. Começou a rir quando disse isto, o que confundiu Banana profundamente. O que estava acontecendo com o mundo, gritava Banana, quando já não se podia confiar na palavra de reis e emires?

Godiwillin, que não conseguira dormir desde que quase foi morto em seu aniversário no dia anterior, disse-lhes para por favor, por favor baixar as vozes.

7

Naquela noite, os cospe-brasas retornaram com tal ferocidade que deixaram o Comando Operacional da Cidade Branca momentaneamente atônito. Em seguida, os Zeros vieram com tudo. Depois, chegaram os esquadrões suicidas de torpedos Bangalore, em duas formações separadas. Uma formação se atirou contra os arames do rio Lodoso e abriu uma fenda à custa de cinquenta vidas japonesas. Enquanto as armas britânicas se concentravam em rechaçar o enxame de japas que se derramavam como água pelo rombo no flanco norte do bloco, a 500 metros outro esquadrão suicida se atirava aos arames no sopé do Monte Nu. Eles criaram um imenso portão através do qual entraram não um mas dois tanques blindados com seus canhões disparando em todas as direções. Em menos de cinco minutos, os tanques ceifaram mais vidas chindits na Cidade Branca do que os japas tinham matado desde que o cerco começara. O que tornava a incursão dos tanques duplamente pavorosa era que se tratava de tanques britânicos capturados pelos japas dois anos antes, quando o então invencível exército japonês chutara os *brits* para fora de Burma. Os tanques foram finalmente forçados a recuar sob uma saraivada de artilharia antitanque. O combate durou a noite inteira, cessando pouco antes do amanhecer.

Os tanques retornaram na noite seguinte, mas desta vez o bloco estava preparado. Durante a trégua diurna nos combates, os sapadores fizeram uma varredura em todas as possíveis passagens para tanques em direção à fortaleza e depois plantaram diversas e imensas minas terrestres de pressão nos pontos próximos aos arames.

A mina antitanque circular e encasulada em aço, que não podia ser detonada por nada menos que uma pisada do mais colossal dos seres humanos, era armada quando rodavam a chave que ficava no topo do estopim cilíndrico de ferro, acoplado à sua placa de pressão por uma chapa de cobre. Quando um tanque passava sobre a mina, ele apertava a placa de pressão exatamente sobre o pino de detonação logo abaixo. O pino era empurrado e atingia o detonador, que então explodia uma carga inicial sob o estopim, como se fosse um tiro disparado num barril de pólvora, depois detonando a carga principal. Diferente de sua prima antipessoal cujo corpo era por vezes desenhado para se fragmentar em milhares de balas na detonação, o monstro antitanque se erguia como um soco e penetrava a blindagem de seu alvo antes de explodir num voo de um milhão de marretas. Esta bomba e diversas outras enterradas em torno do bloco eram o comitê de boas-vindas à espera dos tanques quando eles chegassem para a briga na noite seguinte.

Para assegurar que os onipresentes Zeros não lançariam um de seus grosseiros porém efetivos métodos de limpeza de campos minados com um simples bombardeio de grande altura, os tanques antiaéreos Bulldog da Cidade Branca mantiveram vigilância por todo o dia, privando os bombardeiros japoneses do acesso ao céu logo acima e nas imediações do bloco. Isto teve o imprevisto porém bem-vindo efeito de forçar os japas a usar as vidas de dúzias de seus homens para destruir os canhões antipessoal situados a distância segura dos carros antitanque — esquadrões suicidas abrindo caminho para esquadrões suicidas. Também significou que as equipes dos Piat no bloco sabiam exatamente onde se posicionar quando os tanques finalmente chegassem, como chegaram pouco depois que as formações suicidas de vanguarda foram explodidas.

Imediatamente depois que o primeiro tanque passou por cima de sua nêmesis e foi despedaçado, uma dúzia de morteiros cruzaram o ar da noite e destroçaram o segundo tanque. Quando os Piats terminaram com os tanques, o que restava deles e de seus condutores não era uma bela visão. Mas isto era guerra, e, quando as luzes cintilantes dos sinalizadores em paraquedas revelaram os abomináveis destroços a que foram reduzidos os tanques, um urro de alegria se ergueu da Cidade Branca, tão alto que podia ser ouvido de Mawlu.

O cerco continuou desta maneira, todos os dias do crepúsculo à aurora, por semanas a fio.

8

Uma semana após o desaparecimento do Samanja Grace com um kofur e um farabiti, a Cidade Branca teve um indício de onde os sojas desaparecidos poderiam estar. Eram aproximadamente duas da manhã. As equipes suicidas tinham aparecido no bloco e dali seguiram para o doce além-vida; outro Zero foi arrancado do céu por artilharia antiaérea; mais cedo naquela noite, um laftana[15] com os Leicesters desabou de súbito e morreu sem causa aparente. Um minucioso exame posterior de seus restos revelou que uma bala se alojou em seu estômago entrando pela abertura no segmento final de seu canal alimentar.

Em outras palavras, foi uma noite como outra qualquer na Cidade Branca; os mortos estavam mortos e os vivos

---

[15]"Lieutenant": Tenente. (*N. da T.*)

estavam feridos ou bem, mas desesperadamente necessitando de sono e uma boa refeição caseira.

Um gigantesco ataque japa foi poderosamente rechaçado e neutralizado. As armas japas de repente ficaram tímidas e a Seção D tinha esperanças de ter paz bem cedo naquela noite, quando subitamente, da floresta, uma voz japonesa gritou.

— Homem negro! — berrava a voz. — O homem branco não é seu amigo. O homem branco é seu opressor. Por que está morrendo por ele? Deixe-o. Que ele lute sua guerra sozinho.

Não havia nada de incomum nestes japas urrando invectivas a seus inimigos na Cidade Branca. Faziam isto em certas noites e recebiam respostas em linguagem igualmente pitoresca. O que alarmou a Seção D naquela noite foi que os japas não estavam falando em inglês, mas em hauçá perfeitamente sem sotaque, sem hesitação, impecável.

Uma vez que venceram o choque inicial, Danja foi o primeiro a responder.

— *Uwar ka!* — gritou ele. *A sua mãe.* Ilustrou a resposta atirando uma Mills nos inimigos.

Segundos depois, a mesma voz japa respondeu.

— *Uban ka!* — disse o japa. *O seu pai.* Uma granada Kiska alçou voo segundos logo depois. Caiu e explodiu, como todas as outras fariam, muito longe para causar qualquer estrago.

— *Buran uban ka!* — gritou Guntu. *O pênis do seu pai.* Ele então atirou uma Mills na floresta além do arame.

— *Durin uwar ka!* — replicou o japa. *A vagina da sua mãe*. Segundos mais tarde, uma Kiska.

— *Na ci uwar ka!* — gritou Banana. *Eu comi a sua mãe.* Atirou uma Mills pelos ares aos japas.

— *Uban ka dan Daudu ne!* — retrucou o japa. *Seu pai é um homossexual afeminado*. E uma Kiska foi lançada dentro do bloco.

— *Uwar ka kifi ce!* — gritou Quebla. *Sua mãe é sapatão.* Acrescentou a isto uma Mills.

— *Bakin kuturu!* — devolveu o japa. *Lepra preta.* Isto provocou tal fúria em Quebla que ele precisou ser impedido de escalar o parapeito e correr atrás do japa.

— *Haba jaki* — gritou Banana para o japa. — *Ai kai ma ka wu ce gona da iri.* — *Agora você foi longe demais, seu cuzão.*

— Filha-das-puta — murmurou Quebla. — Maldito filha-das-puta.

— Já chega — disse Damisa aos homens. O Samanja Show e o Kyaftin Gillafsie ouviram o apimentado diálogo de suas trincheiras e se arrastaram até a Seção D.

— Três de meus irmãos estão desaparecidos — gritou Damisa ao japa. — Estão com vocês?

— Nem você nem seus irmãos me servem para nada — respondeu o japa. — Você não me serve de nada nem vivo nem morto.

— Aqueles homens são gente de bem — gritou Damisa. — Em nome de Deus, por favor, diga se estão vivos.

— Todo erro acaba na porta da hiena — respondeu o japa. — Mas ela não rouba uma bolsa de trapos. Eu mato homens, não roubo homens.

— É um grande provérbio — disse Gillafsie, entrando na conversa. — Onde aprendeu a falar hauçá tão bem?

— Não estou falando com você, branco filho-da-puta — rugiu o japa em inglês, terminando o colóquio com uma enxurrada de Kiskas.

Nunca mais ouviram o japa versado em hauçá; o destino de Samanja Grace continuaria para sempre um mistério.

Guntu declarou que suas palavras tinham sido confirmadas. Samanja Grace fora sequestrado por japas disfarçados de árvores.

— De sombras, você quer dizer — disse Quebla com uma gargalhada.

Mas Banana não conseguia discordar de Guntu.

— O Samanja Grace deve estar com aqueles infiéis — disse Banana. — Quem mais poderia ter ensinado hauçá aos desgraçados?

Damisa balançou a cabeça, discordando.

— Aquele homem não poderia ter aprendido a falar tão bem em uma semana — disse ele. — Sem dúvida não pode ter aprendido hauçá com Grace. Se aprendeu, então ele é um feiticeiro porque aprendeu a falar a língua melhor que seu professor. O hauçá de Grace não é tão bom assim.

Grace era um gwari e tinha tendência a misturar os tempos verbais.

— Mas como ela saberia que aqui há sojas hauçás? — perguntou Godiwillin, que tinha tendência a misturar os pronomes quando falava hauçá. A dama a quem se referia era o soja japa, que não soara nem um pouco como uma dama.

— Os japas podem ter interceptado nossas comunicações — disse-lhes o kyaftin. — Há uma grande escola em Londres chamada Academia de Estudos Orientais, onde muitas línguas de todo o mundo são ensinadas. O shehu que escreveu o primeiro kamus hauçá dá aulas naquele lugar. Provavelmente foi lá que o japa aprendeu hauçá. Até o começo da guerra, havia muitos japoneses estudando na Inglaterra.

Banana sabia o que era um shehu. Um shehu era um maulana muito sábio que tinha lido muitos e muitos livros. Mas ele não sabia o que era um kamus.

— Um kamus — disse Danja quando Banana lhe perguntou — é um grande livro que diz o significado das palavras.

— Por que alguém precisa de um livro que diga o significado das palavras? Por que não se pode simplesmente perguntar a alguém?

— Acho que é para que você não precise perguntar a ninguém.

— Mas eu gosto de conversar com as pessoas.

— Sim, mas suponha que a pessoa a quem você pergunte não sabe?

— Então — retrucou Banana —, eu vou perguntar a outra pessoa.

— Pois então um kamus não é para você.

— Como funciona?

— Um kamus? Simples. Para verificar, por exemplo, o significado de um kamus num kamus, você só tem que procurar na letra *k*.

— Por que isso? — Banana parecia perplexo.

— Porque se você procurar na letra *j* ou na *l* — Danja explicou pacientemente —, não vai encontrar kamus ali.

— Por que não? — perguntou Banana.

— Porque kamus começa com *k* — declarou Danja em exasperação.

— E quanto a shehu?

— Shehu começa com *sh* — a letra *sh* era a vigésima terceira letra do alfabeto hauçá. — Para buscar o significado de shehu, você procura na letra *sh*.

— Eu sei o que é um shehu — disse Banana.

— Pois bem — desistiu Danja. — Você não precisa de um kamus.

Enquanto Danja e Banana papeavam discretamente, a conversação dos demais deixou de girar em torno do Samanja Grace e do japa versado em hauçá. Kyaftin Gillafsie lhes dizia quão devoto fora o Janar e como sua devoção às vezes causava mal-entendidos com alguns dos sojas que serviam abaixo dele e que não eram nem um pouco devotos com o mesmo fervor.

— Pouco antes de morrer — disse Gillafsie —, o Janar foi visitar os Cameronians, Fuzileiros Escoceses, alguns dias antes que partissem para Chowringhee. Como sempre, o Janar Wingate gostava de falar com seus homens. Ele gostava de se reunir e conversar com eles em torno da fogueira. "Tenho boas notícias e más notícias para vocês", ele disse aos escoceses. "A má notícia é: vocês estarão em menor número que o exército de Tojo em Burma. A boa notícia é: vocês os derrotarão." "Ah, a gente sempre espera, senhor", disse um kofur, olhando zombeteiramente para o capacete do Janar. "Somos todos agentes no negócio da guerra", respondeu o Janar. "O inimigo vende medo e miséria. Nós trazemos esperança e salvação. Em Burma, vocês estarão divulgando a misericórdia infinita de Deus." Os olhos do kofur se arregalaram quando o Janar disse isso. Ele sempre tinha pensado que estava indo para Burma a fim de lutar pelo rei e pelo país. "Em Burma," continuou o Janar, "vocês serão os agentes da ira de Deus contra o império maligno de Tojo. Triunfarão em Burma porque estarão armados com a mais poderosa arma já inventada, o armamento mais potente já visto pelo homem." "E que arma é essa, senhor?", perguntou o kofur. "Estarão armados", respondeu o Janar, "com a espada da justiça e protegidos pela Couraça da Retidão. Se Deus é por vós, quem será contra vós? Alguns de vocês talvez não retornem. Alguns ficarão nas trilhas e nos montes de Burma fertilizando o solo. Mas esta é a natureza da guerra." "O que lhe parece, soja?", perguntou o Janar ao kofur. "Ah, bem", disse o escocês, "você e Deus podem resolver essa porra muito bem sem mim, senhor."

Até Banana, que estava ligeiramente chocado por alguém dizer uma coisa daquelas sobre Deus, achou a história divertida. Contudo, depois do inferno ininterrupto da semana anterior, ele conseguia compreender perfeitamente os sentimentos do escocês.

— Em outra ocasião — continuou o Kyaftin Gillafsie —, durante a primeira campanha chindit, o Janar e a coluna que ele liderava ficaram sem comida. Havia duas semanas que estavam fugindo dos japas e achavam muito arriscado fazer comunicação para pedir suprimentos por via aérea.

Quando finalmente tiraram os japas de sua cola, o Janar fez contato pelo rádio com o QG da Brigada e disse: "Ó, Deus, dai-nos maná dos céus neste dia." O operador do rádio no QG da Brigada parou para entender o que o Janar queria dizer. Por fim ele replicou: "O Senhor ouviu tuas preces." E algumas horas depois, um Dakota passou acima do acampamento da coluna e lançou um paraquedas. O paraquedas trazia sessenta pães.

Depois que parou de rir com todos os outros, Banana virou-se para Danja e perguntou o que era maná dos céus e por que o QG da Brigada mandou só sessenta pães se o Janar e seus homens tinham ficado sem comida. Tinham acabado as rações "K" do QG? Danja disse que não sabia. Tudo que ele sabia era que, se o kyaftin e todos os outros achavam que a história era engraçada, ela devia ser engraçada.

— Ouvi boatos — disse o Samanja Show para o Kyaftin Gillafsie — de que a Cidade Branca será evacuada e abandonada em breve.

— Isso significa que estamos voltando para a Índia? — o rosto de Godiwillin se iluminou.

— Nada provável — retrucou o kyaftin. — A razão principal para nossa presença aqui é arrebentar os japas. Agora que fizemos isto na Cidade Branca, o Janar Lentaigne talvez decida que é hora de mover o desfile para outro lugar. Mas não será a Índia. Será bem aqui, noutro canto desta selva filha-da-puta. Estou sabendo de planos para a criação de uma fortaleza mais ao norte. Ouvi dizer que será chamada Lago Negro. É para onde provavelmente seremos mandados depois daqui. Ouvi até uma conversa doida de que talvez sejamos dispensados e mandados para junto dos americanos na China. Mas até agora foi só papo. Até que o Janar Lentaigne decida, ninguém sabe o que vai acontecer conosco.

O Janar Lentaigne foi nomeado comandante-em-chefe dos chindits após a morte do Janar Wingate. Ninguém conhecia o Janar Lentaigne porque, diferente de Wingate, ele nunca visitava suas tropas no campo de batalha. Nunca se reunia em torno de uma fogueira para conversar com eles. Alguns diziam que era porque o Janar detestava voar. Outros destacavam que Wingate também detestava voar, mas ainda assim ele voava para encontrar seus homens porque sabia que isso demonstrava sua dedicação. O Janar Wingate comandava da frente de guerra, ao passo que seu sucessor comandava por controle remoto. Diziam que o novo comandante-em-chefe se recusava a ir ao encontro das tropas porque odiava o Janar Wingate e porque, embora ele mesmo fosse um chindit, Lentaigne achava que os chindits eram uma perda de tempo. Alguns diziam que a razão pela qual o gabinete dera o posto a Lentaigne em vez de a outro janar mais em consonância com o pensamento de Wingate era precisamente porque, agora que Wingate estava morto, os burocratas do QG da Índia, que odiavam, caluniavam e temiam Wingate quando ele estava vivo, estavam dispostos a destruir sua criação. Lentaigne, diziam, era um administrador enviado para desbaratar a organização de um negócio que já não era considerado uma preocupação premente.

Os teóricos da conspiração, entre os quais estavam praticamente todos os melhores comandantes chindits, baseavam suas alegações destacando que, quando a notícia da morte de Wingate chegou à Índia, a reação unânime nos corredores do QG foi uma explosão de celebrações. A paranoia dos chindits seria justificada após a guerra, quando até os cronistas militares oficiais da carreira de Wingate faziam malabarismos para diminuir o papel que o Janar desempenhara na Campanha de Burma. A reputação de Wingate permaneceria sob uma névoa. Somente a tradução — uma década mais tarde — para o inglês das memórias dos generais japoneses que lutaram contra ele começaria a resgatar seu nome.

Relato após relato de membros do *Gunreibo Socho*, o Gabinete-Geral da Marinha Imperial Japonesa, revelariam que o impacto psicológico de ter os chindits, cujos números eles superestimavam largamente, causando estragos logo ali em seu quintal tivera consequências de imenso alcance. Ele destruiu o mito, no qual os próprios chindits acreditavam, de que os japoneses eram invencíveis na selva. Os japoneses conquistaram a selva não porque ela os favorecesse acima de quaisquer outros, mas porque ela favorecia os bravos, e os japoneses eram estupendamente bravos e singularmente audaciosos. E eles sabiam disso.

Por esta razão, foi um choque total para os japoneses quando se viram confrontados por uma inteligência imprevisível cujas táticas não apenas os desnorteavam, mas muitas vezes também transformavam suas ações mais ousadas em fiasco. No contexto mais amplo do teatro de Burma, o que as tropas de Wingate faziam a seus corpos se resumia a pouco mais que um arranhão no nariz; o que provocaram em suas mentes era uma questão completamente diferente. Os estratagemas temerários de Wingate levaram os comandantes japoneses a cometer alguns dos piores e mais crassos erros táticos, que por fim lhes custariam a guerra em Burma.

— Ouvi todo tipo de conversa — dizia Gillafsie. — Mas, como o próprio Janar teria dito, tudo não passa de furopropaganda. É só furopropaganda.

Os chindits estavam em sérios problemas. Seus piores inimigos já não eram mais os japoneses. Com a morte do Janar, tornaram-se órfãos. Tornaram-se um aborrecimento, um bando de cães vadios soltos na selva. Estavam ali, matando e sendo mortos numa campanha que seus comandantes na Índia viam com tanta hostilidade quanto seus adversários japoneses.

Estes pensamentos tristes corroíam a mente de Gillafsie, mas ele não estava pronto para expô-los a seus homens.

— Neste exato momento — disse ele sorrindo melancolicamente —, temos japas do lado de fora do arame tentando nos trucidar. Nosso trabalho é negar-lhes este prazer. Nosso trabalho é matá-los a cada oportunidade. E é exatamente isso que vamos fazer.

Ele buscou em seu bolso e tirou um frasco de rum. Todo mundo que bebia extraiu sua porção da bebida. Damisa e Banana ergueram seus copos de chá.

— Um brinde aos que já morreram — disse Gillafsie. — E um brinde ao próximo homem a morrer.

Imediatamente após o brinde, Quebla começou a cantar, discretamente a princípio e logo com a voz a pleno volume quando todos responderam à sua deixa.

— *De volta ao lar* — gritou ele.

— De volta ao lar — os outros responderam.

— *De volta ao lar* — gritou novamente.

— De volta ao lar — repetiram.

— *Ó, meu pai.*

— De volta ao lar.

— *Ó, minha mãe.*

— De volta ao lar.

E logo todos cantaram em uníssono:

Quando tornarei a ver meu lar?
Quando tornarei a ver minha terra natal?
Jamais esquecerei meu lar.

Suas vozes provavelmente acordaram os japas de seu torpor. Segundos depois que começaram a cantar, eles ouviram o estampido que era a marca registrada de um cospe-brasa e o monumental guincho de dez mil fragmentos de aço quando o morteiro explodiu acima de suas cabeças.

— Furopropaganda japa — disse Quebla.

— Não passa disso, Quebla — assentiu Gillafsie, engolindo mais um trago de rum. — Vejamos se eles apreciarão a nossa.

Os homens se apoderaram de suas Brens.

9

Em certa manhã, algumas semanas depois, sete homens fortemente armados ergueram o arame espiralado e silenciosamente deslizaram para fora da Cidade Branca. Avançavam com cautela. Três dias antes, um de seus próprios homens, cujo nome eles não sabiam porque não foram apresentados quando ele estava vivo, faleceu. O homem sem nome, um sapador que conhecia este campo minado tão intimamente quanto um vinheiro conhece o solo de sua fazenda, deu um passo à direita e não à esquerda — ou foi à esquerda em vez de à direita? — no medonho vinhedo da morte que cercava a fortaleza. Foi feito em pedaços pelos frutos das vinhas que ele mesmo plantou.

KoYe avançava à frente de todos os outros na procissão de fila única amplamente espaçada. Entre ele e Damisa, que vinha à retaguarda, estavam Godiwillin, Guntu, Danja, Banana e Gillafsie. À exceção de Banana, cujo rosto parecia tornar-se mais infantil a cada dia, um rosto bochechudo que não precisava de barbear pois nada havia nele para raspar, as faces dos homens não viam lâmina havia meses.

Damisa fazia Banana lembrar as descrições do Shehu Usman dan Fodio, o acadêmico sufi que fundou o maior estado-nação da África levantando a bandeira de uma *jihad*.

Gillafsie parecia o casadeiro Henrique VIII.

Se Long John Silver, o pirata, ou Hernando Cortés, o Conquistador Espanhol, saíssem das brumas da história ou dos reinos da fantasia e caíssem nas montanhas de Burma naquela manhã, teriam encontrado homens exibindo barbas em nada diferentes das suas.

O devoto e austero *mujahid*, o rei muitas vezes divorciado, o contramestre perneta e o governador-geral da Nova Espanha teriam notado que estas aparições esquálidas e subnutridas pareciam notavelmente sanguíneas naquela manhã, enquanto caminhavam sob os feixes de luz solar que se filtravam pelos galhos robustos de conjuntos de árvores altas e estreitamente agrupadas assomando como as bandeiras agitadas de um navio.

Os sojas barbados estavam a caminho de libertar uma força-tarefa que pediu por reforços pelo rádio após uma escaramuça sangrenta em Nyaunggaing, uma vila a cerca de dez quilômetros de distância.

Cada homem trazia um distintivo exibindo o chinthé, uma fera com corpo de leão, cabeça de águia, dentes de dragão, orelhas de burro e cauda de cobra. O chinthé, símbolo guardião dos pagodes budistas de Burma, podia lançar-se num inimigo de nove diferentes posições em um único golpe.

Como em todas as marchas chindits, nenhum homem usava nenhuma indicação de patente ou status em seus uniformes camuflados de batalha.

Continências eram proibidas; atiradores eram famosos por usar uma continência para identificar comandantes como alvos principais.

Cada centímetro da jornada desde a Cidade Branca até Maiganga — como Banana chamava — era repleto de perigos. Passadas menos de duas horas da partida, eles quase trombaram com uma companhia de sojas japoneses que vinham na direção contrária. Tiveram tão pouco tempo para se esconder que, se estendessem as mãos, poderiam tocar os pés dos japas dos arbustos nos quais mergulharam. Enquanto cada homem permanecia abaixado, contando os pés que marchavam diante de si, o pulsar de seu coração disparava incontrolavelmente e ele lutava com a tentação de abrir fogo. Cada homem sabia que este pensamento também estaria cruzando as mentes dos companheiros, e todos sabiam que seria absoluto suicídio se qualquer um cedesse à ira fervente. Uma coisa era lançar uma emboscada cuidadosamente planejada; outra completamente diferente era que sete homens atacassem trezentos num rompante de exaltação momentânea.

Após aquele quase-desastre, eles passaram a evitar a trilha completamente, e viajaram por uma rota ligeiramente mais longa através da floresta.

Apesar do onipresente calor do meio-dia que se abatia sobre os sojas e transformava a selva numa fornalha, e do olhar furioso do sol que arremetia como adagas na direção dos homens, a jornada parecia quase um dia de folga.

10

Era decerto um dia de folga da prisão da Cidade Branca. Durante várias semanas anteriores, depois que os ataques japoneses se tornaram uma mera inconveniência a cada noite, a fortaleza se transformou num purgatório devastado por morte e doença, tão fétida que estar dentro do bloco, ou em qualquer lugar nas adjacências, era como estar trancado num balão de ar cheio de metano.

O cheiro emanava não apenas dos homens, que pararam de se banhar quando o rio Lodoso se tornou um necrotério flutuante; vinha não apenas das mulas mortas espalhadas por todo lado do bloco; não apenas da epidemia de flatulência que penetrara cada homem no perímetro; vinha acima de tudo e com força pungente e inexorável dos corpos em decomposição de quase dois mil japoneses pendurados num infinito arranjo de contorções mórbidas no arame de concertina que cercava a fortaleza.

Tão forte era o cheiro que os pilotos que voavam para a Cidade Branca agora achavam seu caminho para a fortaleza pelo fedor pútrido que alcançava suas narinas enquanto ainda estavam a quilômetros de distância.

Dez mil abutres desciam aos arames a cada manhã, e era com relutância que partiam à noite, quando os cospe-brasas chegavam e eles sabiam que os homens estavam prestes a embarcar mais uma vez no estranho ritual que nunca falhava em reabastecer seu suprimento de comida consumida com avidez. Os carniceiros de cabeça pelada se tornaram tão preguiçosos que por vezes não saíam da área desde que chegavam a seu caravançará pela manhã até que os morteiros os obrigassem a partir à noite. Numa orgia febril, eles se refestelavam, emitindo penetrantes, altos e estridentes grasnados de contentamento, em seguida desabando no chão para um satisfeito cochilo, depois do qual eles se erguiam com grande dificuldade e mais uma vez se enfiavam para o banquete na carne morta e apodrecida. As aves ficaram tão gordas que seus pescoços desapareciam sob os queixos.

Junto com os abutres, chegavam as moscas. Havia milhões delas, zumbindo por toda a fortaleza como uma praga de gafanhotos do deserto.

Os habitantes cercados da fortaleza tentavam de tudo, incluindo cal virgem e lança-chamas, para acabar com os corpos. Nada funcionava.

Logo os homens começaram a cair doentes, exibindo sintomas que variavam de flatulência a anorexia, vômitos, disenteria, azia, cãibras musculares e depressão aguda.

Isto, acrescentado por um surto repentino de malária, notavelmente entre os sojas brancos, além de frieiras, diversos casos de tifo e uma moléstia misteriosa caracterizada por uma sensação de formigamento ardido e coceiras por todos os membros, logo reduziu a Cidade Branca a nada mais que um asilo de doentes. Um número muito maior de chindits do que os abatidos pelos japas mais tarde morreriam destas doenças depois de evacuados. O gabinete na Índia não lhes dava muita importância, mas também não chegava a odiá-los. Mais médicos foram trazidos de avião. Dezenas de paraquedas trazendo cargas de medicamentos caíam sobre o bloco.

Contudo, o que todos queriam acima de tudo era sair da Cidade Branca. Queriam abandonar o fedor pestilencial do bloco, mas não necessariamente sair de Burma. Poucos se sentiam inclinados a partir antes de concluir a tarefa para a qual tinham sido mandados, e essa tarefa só estaria concluída quando o último soja japonês fosse chutado para fora de Burma.

Cada missão que enviava os sojas para fora do bloco era agora considerada um luxo.

Havia apenas duas missões fora da fortaleza que eram concebíveis na floresta. A primeira, perigosa mais relativamente fácil de executar, era sair do bloco principal para buscar água potável de um córrego próximo.

A segunda — a mais perigosa para um chindit — era ser mandado em força-tarefa. Explodir pontes ou realizar uma emboscada. Mais chindits em forças-tarefas morreram nas mãos dos japas ou consumidos pela floresta do que pelos cospe-brasas em todas as fortalezas.

Outrora, ser mandado em força-tarefa era considerado má notícia. Agora todos queriam ir. Foi por isso que a Seção D pulou de alegria quando o Kyaftin Gillafsie lhes disse que estavam saindo com ele para Maiganga. Até Guntu, cujo medo de árvores e sombras abdutoras estava mais vivo que nunca, reagiu com algo semelhante a celebração. Ele ainda parecia muito triste, mas mesmo assim deu uma dupla pirueta.

A única razão pela qual Quebla não saiu com o grupo foi porque estava incapacitado com intensa diarreia e tão fraco que nem sequer podia galgar o parapeito de sua trincheira sem ajuda.

11

Quebla estava às lágrimas quando a Seção D deixou a Cidade Branca sem ele. Enquanto chorava, os raios de sol que penetravam a trincheira resplandeciam em seus dentes de ouro recém-adquiridos — espólios de guerra colhidos das bocas de japas mortos — e iluminavam as paredes a seu redor.

Quebla acusava seus amuletos de traição. Ele agora percebia que os amuletos o abandonaram porque quando os adquiriu em Gboko, sua cidade natal na terra tiv, ele foi ao camelô de poções mágicas em vez de ir ao Sumo-Sacerdote, cujos feitiços custavam absurdos seis centavos a mais. Não que Quebla fosse avarento; mas, no dia em que comprou os amuletos, estava bêbado com doce vinho de palmeira e um potente gim caseiro chamado Me-Empurra-Que-Eu-Te-Empurro, pois um homem embriagado com ele entrava num torpor no qual pensava estar caminhando para a frente e para trás e para cima e para baixo e para a esquerda e para a direita ao mesmo tempo, quando na verdade estava apenas balançando num lugar só.

Ele consumiu diversos galões de burukutu, uma cerveja preta avinagrada feita de painço fermentado.

Mais tarde ele passou ao pito, uma gloriosa bebida sem álcool que de sem álcool não tinha nada. Pito, como o magnífico burukutu, era uma cidra alucinógena feita de milho e painço, mas fermentada apenas por meio período.

Coroou a bebedeira ao fumar um wee-wee, uma erva medicinal fragrante derivada de flores secas de maconha de Gboko, não-industrializada e de alta qualidade.

Era um coquetel arrebatador, que sempre tinha o curioso efeito de fazer Quebla quebrar garrafas em sua careca só para mostrar o quanto era macho.

Para apimentar as coisas, ele tinha uma garota em cada braço. Eram dois belos anjos chamados Pacience e Angerina. Pacience e Angerina diziam que eram irmãs mas ele sabia que era só para provocá-lo. Mas — para dizer a verdade — ele não ficaria surpreso se fossem irmãs, pois cada uma era tão bonita quanto a outra. Ele não conseguia honestamente lembrar onde as tinha encontrado. Mas eram os mais belos anjos que não eram irmãs que ele já tinha pego desde as últimas belas irmãs que também eram anjos que ele catou em bares cujos nomes e localizações ele não conseguia exatamente recordar porque provavelmente os bares não existiam de fato. Belos anjos e irmãs celestiais simplesmente gravitavam em direção ao campo magnético do dinheiro em sua bolsa. Ele não podia pedir mais nada na vida.

Quebla estava tão fora de órbita que mal conseguia andar, mas Pacience e Angerina caíram de louca paixão por ele, o que era uma coisa maravilhosa porque Quebla também estava alucinado de paixão por elas. Entre as duas, as irmãs meio carregavam, meio arrastavam Quebla para onde achavam que ele tinha dito que queria ir. Os três cantaram a plenos pulmões por todo o caminho. As meninas ficaram boquiabertas e pararam de cantar quando ouviram a voz de Quebla. Disseram que ele tinha a voz mais bonita que já tinham ouvido. Não era um elogio barato. Todo mundo em Gboko tinha uma bela voz. Todo mundo em Gboko era um maravilhoso cantor. Crianças de Gboko saíam do ventre gritando em timbre perfeito.

Infelizmente para Quebla, as belas irmãs estavam tão encantadas com sua voz que entraram numa rua errada e o arrastaram para o lugar errado.

Seu destino foi selado naquele momento.

Quebla era na verdade um bom garoto, um agricultor que trabalhava duro. Estava solto na cidade apenas porque seria seu último Festival da Batata-Doce. Era a véspera do dia em que ele aposentaria sua enxada e se uniria a milhares de outros garotos tiv que tinham sido especialmente convidados pelo comandante do distrito — que dizia que os tiv eram uma raça bélica, uma raça de grandes guerreiros — a seu escritório no primeiro dia útil após o Festival da Batata-Doce para ganhar um xelim do rei. Ao diabo com o xelim do rei. O que Quebla queria mesmo era ir para a porra da Índia. Ele não dava a mínima para o que tinha que fazer na porra da Boma, contanto que chegasse àquela maravilhosa porra da Índia da qual ouvira tanto falar.

Quebla adorava a música suangue. Em particular, amava o suangue de Louis Armstrong, Benny Goodman e Fletcher Henderson. Ele torcia para que tivessem música suangue na Índia.

Mas Quebla não era nenhum idiota. Ele sabia que não podia dar bobeira com aqueles japas que certamente enfrentaria em Boma. Foi por isso que ele decidiu se blindar antes de partir para lutar pelo rei.

Infelizmente para Quebla, ele estava totalmente fora de si no dia em que escolheu para realizar esta missão, e os amores de sua vida, Pacience e Angerina, não por nenhum erro próprio, levaram-no para o vendedor errado de amuletos à prova de balas.

O homem das poções mágicas pegou o suado dinheiro de Quebla e lhe deu um colar de contas cheias com nada além de areia tirada das margens do rio Katsina-Ala.

Foram estes amuletos fajutos, concluiu Quebla, que lhe deram diarreia quando ele deveria estar lá fora, rumando para Maiganga. Foi a maior decepção da vida de Quebla, mas ele só tinha 18 anos, e cada nova decepção era a maior decepção de sua vida.

Quebla Yahimba foi salvo pela maior decepção de sua vida.

12

KoYe pisou na armadilha explosiva ao anoitecer.

A marcha foi mais fácil do que esperavam. A maior parte se passou ao longo de uma encosta suave que serpenteava por uma selva que não provocava tanto terror, mas uma estupenda humildade.

Cruzaram matas de altas e esguias amargosas e grossos e monumentais carvalhos e tecas. Contemplaram um infinito espetáculo de flamejantes paus-rosa cujos longos galhos dourados floresciam com penugens de folhas esmeralda e esplendorosos botões de incandescente laranja. Passaram por mangueiras e se refestelaram com os frutos maduros e suculentos que choveram no solo quando eles alcançaram os galhos e os sacudiram.

Uma píton veio abaixo com as mangas. Guntu, que tinha visto muitas serpentes em mangueiras em sua época, despachou-a com um golpe de sua *adda*.

Quando a marcha recomeçou, Danja e Banana, que agora iam à retaguarda, mordiam cobiçosamente suas mangas e conversavam sobre a carta do Samanja Pash. O samanja escrevera para a Seção D do leito hospitalar em Calcutá, onde se recuperava depois da amputação.

— Então agora ele tem uma perna de pau? — perguntou Banana. Ele estivera em turno de sentinela na noite em que a carta chegou.

— Ainda não — respondeu Danja. — Tiveram que esperar que a ferida do corte se fechasse antes de dar uma perna de pau a ele.

— É difícil pensar em Pash com uma perna de pau.

— Eu preferiria ter uma perna de pau a acabar como Dogo; que Deus o tenha. Pash é um homem de sorte. Vão até mandá-lo para casa no mês que vem. Num barco para Lagos.

— Ele é de Lagos?

— Ele é de Abeokuta.

— Onde fica isso?

— Não muito longe de Lagos.

— Ele vai voltar a seu velho trabalho nas linhas de trem em Minna?

— Quem sabe?

— Uma pena o que aconteceu com o pai dele. Foi uma naja?

— Não. Acho que não.

— Que jeito terrível de partir.

— Acho que foi uma víbora.

— Ai, ai, ai. Por que não contaram ao Samanja Pash?

— O kyaftin disse que o telegrama se perdeu na Índia. Quando finalmente chegou aqui, Pash já estava em Calcutá.

— Então ele ainda não sabe?

— Creio que não. Alguma carta de casa ultimamente?

— Não para mim. E você?

— Nenhuma para mim também — respondeu Danja. — Guntu recebeu uma carta há algumas semanas. O irmão escreveu para dizer a ele que sua esposa tinha acabado de ter gêmeos.

— A esposa de Guntu teve gêmeos?

— Dois belos e pequeninos sojas.

— Deus é grande.

— A pobre mulher ficou grávida por 15 meses.

— Não sabia que isso era possível — disse Banana.

— Nem eu — respondeu Danja. — É um milagre...

— Eu me pergunto por que Guntu não falou nada sobre isso — continuou Banana.

— Acho que é porque ele está um pouco envergonhado.

— E o que tem para se envergonhar?

— Você conhece o Guntu. É um homem discreto. Ele não quer que ninguém pense que há algo de especial nele.

— Eu ficaria feliz se uma coisa dessas acontecesse comigo. Eu correria para todo mundo que conheço e contaria a novidade.

— Tenho certeza de que correria — disse Danja. — Deixe-me fazer uma pergunta, Ali. Não fique encabulado. Você já dormiu com uma mulher?

Banana enrubesceu e soltou uma risadinha.

— Isto é um assunto sério — declarou Danja. — Precisamos fazer algo a respeito assim que voltarmos à Índia. Quebla encontrou um lugar em Bombaim durante a semana que passamos lá. Ele não deixava de ir nenhuma noite. Fui com ele uma vez. Bem, duas. Foi glorioso, Ali. Voltei três vezes.

— Decida-se. Quantas vezes você foi lá?

— Todas as noites. Deixe eu contar sobre aquelas garotas em Bombaim, Ali...

— Pensei que você era casado.

— Eu sou. Pela graça de Deus, eu sou. E o que minha mulher tem a ver com tudo isso?

— "Sequer vos aproximeis da fornicação." É o que diz o Grande Livro.

— Está soando igual ao samanja. Foi exatamente o que ele me disse lá em Bombaim. Ele acha que entende alguma coisa da vida, mas não entende. Ele só entende de matar. O quanto você conhece do Grande Livro?

— O suficiente.

— Então você vai apreciar estas grandes palavras que o próprio profeta dirigiu a nós, miseráveis filhos de Adão: "E o que quer que recebais é um gozo da vida deste mundo, e sua dádiva."

— Isso não é tudo que diz.

— Tem razão. Há muito mais que isso no Livro Sagrado.

— "E aquilo que está com Deus é melhor e perdurará para sempre. Não tendes nenhum bom senso?" É o que diz no fim daquele verso.

— Eu estava chegando nesta parte — disse Danja. — Magníficas palavras. Palavras de sabedoria.

— E não diz nada sobre fornicação.

— É uma verdade. Mas eu vou levar você para aquelas garotas quando chegarmos a Bombaim mesmo que tenha que arrastá-lo. Vou até pagar do meu próprio bolso.

— Por que isso é tão importante para você? — perguntou Banana.

— É importante — respondeu Danja repentinamente enfurecido — porque a vida é uma piadista cruel, Ali. Em um momento estamos aqui; no próximo, não estamos mais. Temos que viver ao máximo. Você realmente acha que a esposa de Guntu carregou aqueles gêmeos na barriga por um ano e três meses? Acha mesmo que foram japas se transformando em árvores e sombras o que fez Guntu perder a cabeça? A inocência é uma virtude perigosa, Ali, e eu vou livrá-lo dela mesmo que eu tenha que acabar no fogo de todos os sete infernos, um depois do outro. Não me leve a mal, você é um bravo soja, um excelente guerreiro. Mas matar homens não faz de você um homem. Eu farei de você um homem, Ali. Vou levar você para o mau caminho, se Deus me der forças.

Banana reprimiu uma risada.

— Eu vou, vou sim, marque minhas palavras, eu vou — repetia Danja, cutucando a nuca de Banana. — Você talvez não me agradeça por isso, mas não estou fazendo para receber gratidão. Eu sou um pescador, Ali. Posso lhe dizer uma ou duas coisas sobre os perigos da inocência. Uma corrente furiosa pode perdoá-lo por ser um idiota, mas não o poupará por ser inocente. Um pescador inocente é um pescador morto. Se é da vontade de Deus, meu irmão, você e eu desfrutaremos dos prazeres de Bombaim. A virgindade é uma doença curável. Deixe que o pecado pese sobre mim.

O caminho estava repleto de teixos, castanheiras, margaridas de miolos amarelos e pétalas azul-violeta, azaleias de purpúreo carmim, magnólias brancas, botões de orquídeas, rosas amarelas, papoulas azuis, amoras silvestres, lírios vermelhos, cornisos em flor, gencianas azul-cobalto sem caules, abetos-da-china, almíscares, morros cobertos de musgo e a deslumbrante embora fedorenta drósera que atraía mosquitos, mutucas, aranhas, borboletas, cigarras e gafanhotos para suas folhas com um líquido grudento e brilhante, um fluido digestivo que dissolvia seus corpos uma vez que as folhas côncavas subitamente se trancavam em torno dos insetos, aprisionando-os em seu interior e tornando-se sua urna funerária.

Eles viram uma pantera-nebulosa arrastando um cervo aos gritos para o topo de uma alta e vasta figueira-dos-pagodes.

Viram uma floresta inteira de ciprestes que fora quase completamente varrida da existência por figueiras estranguladoras — orgulhosos membros da tribo das banianas, parasitas que geralmente começam a vida como uma semente inofensiva aos pés ou no topo de outra árvore antes de vagarosamente lançar suas próprias raízes e crescer numa rede claustrofóbica em torno do tronco de seu infeliz hospedeiro, estrangulando-o aos poucos, privando-o da luz do sol, usurpando toda nutrição de suas raízes até que ele definha e morre, deixando um oco no tronco do estrangulador onde a árvore assassinada estivera por gerações. A figueira estranguladora era a rainha dos parasitas.

No começo da tarde, uma elefanta selvagem apareceu em seu caminho, desafiando-os a se aproximar e removê-la. Eles se curvaram a sua majestade e desviaram de curso.

Estavam a menos de três quilômetros de seu destino quando caíram numa emboscada. A oeste, o céu parecia incendiar-se. As chamas rapidamente mudaram de um matiz amarelo-açafrão para um tom de marrom purpúreo; de quartzo violeta o céu mergulhou numa noite de profundo azul.

Diante deles havia um córrego.

— Com alguma sorte — disse Ko a Guntu às suas costas —, estaremos em Nyaunggaing dentro de uma hora.

Estas foram suas últimas palavras. Foram também as últimas palavras que Guntu ouviu em sua vida.

Ko cuidadosamente saltou por sobre um bambu de aparência suspeita atravessado em seu caminho. Ele o evitou porque pensou que se parecia com uma armadilha explosiva. Estava a ponto de se voltar para alertar os outros quando sentiu uma leve, quase imperceptível resistência em seu pé. Baixou os olhos e percebeu que seu pé estava preso sob o que era claramente o arame detonador de uma armadilha. Enquanto ele subitamente congelava em sua posição, Guntu trombou nele e segundos mais tarde diversos frutos metálicos luminosos caíram das árvores acima, exatamente como as mangas que mais cedo choviam sobre suas cabeças, e explodiram numa densa constelação de balas disparadas.

KoYe e Guntu não tiveram a menor chance. Morreram instantaneamente.

Os outros chindits mal tiveram tempo de se recuperar do choque aterrador quando os estrondos paralisantes e muito familiares de metralhadoras Nambu e disparos de fuzis de ferrolho Arisaka rebentaram ao redor.

Banana congelou no lugar, absolutamente petrificado, lento em compreender o que estava acontecendo. Com o canto dos olhos, ele viu Danja e Gillafsie vacilando e desabando ao serem alvejados. Damisa e Godiwillin não se viam em parte alguma.

Logo, algo o atingiu no peito. Ele pensou que era uma bala, mas não era. Era um soco de Damisa, e Banana foi precipitado no córrego abaixo, aturdido.

Antes que Banana se tornasse um chindit, rios e o planeta Marte ficavam praticamente à mesma distância dele; mais tarde ele descobriu durante o treinamento que se movimentava bem na água. Mas naqueles meses na Índia ele não imaginou que um dia se veria tentando prender a respiração embaixo d'água enquanto balas e granadas explodiam logo acima de sua cabeça. Ele rapidamente chegou ao limite de seu fôlego e começou quase involuntariamente a subir à superfície.

Pouco antes que sua cabeça emergisse da água, Banana sentiu algo agarrando seu pé e arrastando-o de volta às profundezas. Ele lutava por ar e engoliu diversos litros da água quente e salobra.

Sentiu ânsias de vômito. Banana vomitou e engoliu mais água. Debatia-se violentamente para se libertar, mas o punho de Damisa era firme e com a mão livre e braçadas poderosas ele nadou para longe em direção à margem norte do rio. Banana se virou e tentou mordê-lo, cada fibra de seu corpo tomada de pânico, cada parte de seu ser gritando de terror.

A última coisa que Banana ouviu antes que seu corpo se rendesse e as luzes em sua cabeça se turvassem foram os estrépitos embotados das metralhadoras.

13

Banana acordou com os estrondos de trovões.

Seus olhos se entreabriram e tornaram a fechar enquanto a floresta era iluminada por veios de raios erguendo-se como uma muralha de lanças incandescentes do chão da mata, colidindo logo acima das árvores com os grandes clarões de luz arremetendo do céu em fúria.

As flechas da chuva que agora desabavam sobre Banana açoitavam seu corpo como chicotes de boi. Nos breves interlúdios entre a feroz eletricidade e a espessa coberta de escuridão que o envolvia, ele viu lampejos enegrecidos da forma sem vida de um homem estendido na grama a seu lado.

Damisa estava morto.

Prendendo a respiração, Banana cutucou-o com o cotovelo. Damisa não reagiu. Banana cutucou-o novamente.

Damisa se moveu. Sua mão se ergueu fracamente e tornou a tombar a seu lado.

Ele estava vivo. Damisa estava vivo.

Foi tal a absoluta intensidade do alívio de Banana que ele esqueceu a enxurrada torrencial. Esqueceu o pavor das árvores dançando como demônios ébrios por todo lado que olhava. Esqueceu os urros da floresta ao redor e as apavorantes feras espreitando na escuridão. Acocorou-se, oscilando para a frente e para trás, vagamente especulando onde estaria, como tinha chegado aqui e o que acontecera a Damisa.

A chuva caiu por toda a noite. Ela cessou brevemente ao nascer do sol e logo retornou como um aguaceiro constante e tranquilo.

14

Damisa estava em terrível estado. Quando Banana tentou movê-lo, ele gritou de dor. Podia falar com bastante clareza e, a não ser pelo sangue que insistia em subir quando ele tossia, era difícil ver o que havia de errado com ele. Obviamente sentindo grande dor, ele disse a Banana o que aconteceu enquanto o farabiti esteve inconsciente na noite anterior.

Por sorte, contou Damisa, eles alcançaram a margem norte logo depois que Banana desmaiou. Damisa o arrastou para fora d'água. Os japas ainda estavam disparando no córrego. Balas zuniam às suas costas e mergulhavam como gotas de chuva no rio. Sob o céu escuro e sem estrelas fermentando com as tempestades da chegada das monções, Damisa lutou para ressuscitar o farabiti. Assim que teve sucesso e estava erguendo Banana nos braços para se afastar da margem, sentiu algo afiado enterrando-se em suas costas.

Era uma bala alojando-se logo abaixo de seu coração.

15

— Você vai ter de continuar sozinho — disse Damisa inexpressivamente. — Acabou para mim.

Não havia nenhuma pena de si mesmo em sua voz. Seu rosto já começava a se acomodar na máscara cinzenta da morte.

— Maiganga não fica muito longe — disse Banana. — Se pudermos chegar a Maiganga, o comandante de lá pode pedir ajuda pelo rádio.

— Estavam esperando por nós na noite passada — disse Damisa. — A missão para a qual nos queriam era para esta manhã. Kyaftin Gillafsie não disse qual era a missão. Mas eles já saíram de Maiganga. Não vá até lá. Volte para a fortaleza.

— Acho que Will também escapou dos japas ontem à noite — disse Banana. — Ele não pode ter ido muito longe com aquela chuva. Não o vi saindo da água. Acho que ele ainda deve estar em algum lugar na margem sul. Se eu puder encontrá-lo, nós dois vamos carregar o senhor de volta.

— Você não entende, Ali. Agora já não há nada que se possa fazer por mim, mesmo se tivesse acontecido dentro da fortaleza — disse Damisa, os olhos fechados. — Will não escapou. Eu vi quando caiu. Foi o primeiro a ser atingido depois que Guntu e Ko explodiram. Levou um tiro bem no meio dos olhos. Will está morto, Ali, e logo eu estarei a caminho também. Você é o único que resta. Volte para a fortaleza e diga aos outros o que aconteceu conosco.

— Não vou sair daqui sem você, Samanja. Não posso fazer isso.

— Você consegue achar o caminho de volta à Cidade Branca? — perguntou Damisa, ignorando o que Banana acabava de dizer.

— Posso. Nós dois podemos.

— Não chegue nem perto de onde sofremos a emboscada. Talvez ainda haja minas por lá. Siga o rio em direção leste e encontre um lugar seguro para cruzar até a margem sul. O rio é sempre traiçoeiro depois de uma tempestade. Tome cuidado para não ser arrastado. Quando o tiver cruzado, volte para oeste e então encontre uma forma de retornar à trilha que nos trouxe aqui. Não chegue nem perto da área da emboscada. Marche para o sul por cerca de 8 quilômetros e, quando chegar às figueiras assassinas, siga rumo leste outra vez, até chegar à fortaleza.

— Vamos voltar juntos, Samanja. Não vou deixar o senhor aqui.

Damisa riu debilmente, sem alegria.

— Não posso me mover, Ali. E você só vai me matar se tentar me mover. Está conversando com um homem morto, meu amigo. — Seu corpo estremeceu com mais tosses e ele tornou a cuspir sangue. — Você deve encontrar minha mulher se um dia chegar a Kano. Ela se chama Hasana, tem uma barraca no mercado Kurmi onde vende temperos. Há um par de brincos em minha mochila. Comprei para ela na Índia. Diga a Hasana que minha morte foi rápida e que não senti dor.

— Não posso deixá-lo aqui, Samanja — disse Banana, começando a desesperar.

— Se ficar aqui, vai morrer também — respondeu Damisa. — Você não precisa ser um shehu para saber que há japas vivendo em algum lugar neste trecho da floresta. Cedo ou tarde, um de seus patrulheiros terá que passar por aqui. De que nos servirá se ambos morrermos quando um de nós poderia ter vivido? Você tem que partir sozinho, mas não estou pedindo que me deixe aqui.

— O que quer dizer? — perguntou Banana com desconfiança, embora soubesse exatamente o que Damisa queria dizer.

— Você sabe do que estou falando, Ali — disse Damisa. — Sabe o que os japas fazem quando encontram um dos nossos ferido. Decepam seus membros e rasgam seus estômagos. Será japas ou leopardos e tigres se você me deixar aqui.

— Minha munição está ensopada — disse Banana, inconsolável. — E eu perdi minha mochila durante a emboscada, então...

Damisa interrompeu-o.

— Como pode ver, eu ainda tenho a minha. — Damisa amarrou a alça da mochila no pulso depois que foi baleado. — Tenho dois revólveres num saco plástico aqui, e ambos estão carregados.

Banana não se moveu.

— Eu mesmo faria se tivesse forças — disse Damisa, começando a implorar. — É a única coisa que você pode fazer por mim, Ali, nada mais.

Banana abriu a mochila e encontrou a bolsa de plástico. Ele sacou um revólver Enfield e um Browning P-35 Hi-Power. Ele devolveu o Enfield para a bolsa e examinou o P-35 com relutância.

— Tire o cobertor da mochila — disse Damisa. — Use-o para abafar o som. Deve haver japas por perto.

Banana enfiou a mão na mochila e puxou um cobertor.

— Obrigado, Ali — disse Damisa. — Sei que não é fácil, mas você não pode nem imaginar a dor que estou sentindo. É uma pena, mas a vida é assim. Mas eu também tive uma vida muito boa, sabe, e muitos amigos de verdade. E nunca esquecerei meus irmãos da Seção D. E o kyaftin também; ele era um bom sujeito. — Damisa estremeceu. — Está frio. Estou pronto quando você estiver.

Damisa fechou os olhos e pacientemente esperou pela morte.

Banana verificou o carregador duplo da pistola para confirmar se estava preparada.

— Adeus, Samanja — disse ele.

Damisa não respondeu.

— Obrigado por salvar minha vida — disse Banana.

Damisa não respondeu.

— Até a próxima.

Mas Damisa continuava em silêncio. Era como se já estivesse morto.

Cuidadosamente, Banana colocou o cobertor dobrado na testa de Damisa.

Cuidadosamente, ele enterrou o cano da pistola no cobertor.

— Estou pronto — disse Banana, e esperou que Damisa dissesse algo. Mas Damisa não respondeu.

— Estou prestes a atirar, Samanja — Banana falou mais uma vez, como uma criança travessa implorando para ser impedida de realizar uma intenção desobediente.

Suas mãos tremiam.

— Fale comigo, Samanja — suplicou Banana, lágrimas se derramando por seu rosto. — Não me ignore. Não me ignore, por favor!

— Faça o favor de se controlar, Banana — disse Damisa roucamente. — Atire de uma vez.

Banana enxugou as lágrimas do rosto e apertou o gatilho.

Um bando de mergulhões castanhos banhando-se ao sol em uma rocha próxima grasnou em alarme e mergulhou no fundo do rio onde ficaram por um minuto inteiro. Quando emergiram das entranhas da água, já tinham estabelecido uma distância mais saudável entre si e o som assustador. Um cão selvagem curioso que estivera espionando os dois homens por toda a manhã rosnou agressivamente e fugiu em disparada.

Banana ajoelhou junto ao corpo de Damisa por um longo tempo.

Ele envolveu Damisa no cobertor que usou para abafar a pistola. Encontrou uma corda na mochila e passou-a em torno dos pés, cochas e pescoço de Damisa.

Ele pegou a mochila e colocou-a às costas.

Banana ajoelhou e ergueu o corpo. Damisa, uma gigantesca torre humana, estava leve como um recém-nascido.

À beira do rio, Banana parou e fez uma oração para o corpo de Damisa. Ele então deitou Damisa sobre as águas revoltas.

Observou o corpo flutuar vagarosamente para longe na correnteza rumo oeste.

Banana partiu na direção contrária, voltando-se de vez em quando para ver Damisa. Ele só parou de olhar quando o corpo desapareceu numa curva do rio.

16

A jornada de Banana de volta à Cidade Branca foi dolorosamente lenta. Não apenas porque ele estava absolutamente exausto, ou porque a trilha seguia morro acima por todo o caminho. Durante a noite a selva tornou-se um gigantesco pântano. Quando ele não estava mergulhado até a cintura em lama, o caminho era tão escorregadio que Banana repetidamente caía de cara no lodo.

Caminhou por todo o dia sob chuva torrencial.

Banana alcançou as figueiras estranguladoras à noite e acampou ali. Abriu uma lata de carne em conserva e fez uma rápida refeição sem se importar em cozinhá-la, embora a chuva tivesse cessado e ele pudesse fazer uma fogueira com facilidade. Mas ele sabia que fazer fogo à noite era pedir por problemas se houvesse tráfego inimigo por perto.

Damisa apareceu exatamente quando Banana estava tomando seu Mepacrine e se aprontando para o repouso da noite. Banana tentou falar com ele, mas o samanja ficou apenas ali de pé, sorrindo sem dizer nada.

Banana entrou em sua trincheira. Ele puxou o teto de galhos que fez sobre o buraco e caiu no sono quase imediatamente. Acordou menos de uma hora depois com o uivo dos ventos e frenéticos raios e trovões. Poucos minutos após o começo da chuva, sua trincheira estava transformada num poço d'água.

Ele ouvia árvores desabando por todo lado a seu redor. Não o incomodavam minimamente. Viu um raio acertando uma árvore próxima, rasgando-a no meio. Mas Banana já não era capaz de se amedrontar. Não sentia nada além de desprezo pela morte.

Banana atirou a mochila no tronco oco de uma figueira. Uma cobra alarmada deu um salto para fora da árvore e deslizou para longe. Banana entrou no oco, descansou a cabeça na mochila e se encolheu. A magnífica árvore parasita sacudiu algumas vezes sob a inclemente tempestade, e em algum ponto da noite enquanto Banana dormia — achando que estava totalmente acordado — sentiu que estava num navio em alto-mar, levando-o de volta para casa. O Rei George apareceu vestido como Emir de Zaria. Por nenhuma razão aparente, Banana achou que aquilo era incrivelmente engraçado, e explodiu em gargalhadas.

Ele ainda ria quando acordou pela manhã. Percebeu que o arraigado pânico que tomara conta dele desde uma semana antes de voar para Burma subitamente evaporara.

Ele suspeitava de que tinha algo a ver com a morte de Damisa. A morte de Damisa tinha sido diferente de todas as outras.

Banana agora já tinha abatido muitos homens em sua vida, e visto a morte de muitos outros. Os homens que assassinara não tinham rosto. Ele não os conhecia e não os odiava. Não sentia nada quanto a matá-los. Teriam feito o mesmo com ele. Banana era um soldado de infantaria lutando numa guerra insana que na verdade não compreendia. Não entendia por que o Rei George da longínqua Inglaterra estava travando uma guerra em Burma. E não lhe importava.

Ele estava em Burma para lutar na guerra do Rei George, e isto era fim de papo.

Os japas eram inimigos do Rei George; fim de papo.

Os japas eram seus inimigos.

Ele mataria os japas ou os japas o matariam.

Fim de papo.

Entretanto, era uma questão diferente com os homens a seu redor cujas mortes ele testemunhara. Todos eram homens que passou a conhecer muito bem. Todos eram homens que se tornaram mais íntimos dele do que qualquer membro de sua família jamais tinha sido. Esses homens eram seus irmãos e ele os viu morrendo, um após o outro. Banana não tivera tempo de chorar por eles e não conseguia dizer o que tinha aprendido com suas mortes, a não ser que na próxima vez poderia ser a sua. E aquele tinha sido um pensamento aterrorizante.

Outrora, a ideia da morte era a coisa mais aterradora pesando na mente de Banana, mas a morte de Damisa mudou tudo.

Agora, pensar na morte o enchia de desprezo.

Eu rio de você, ele dizia à morte. *Rio de você.*

Quando acordou na manhã, a chuva tinha parado. O céu estava repleto de sol.

Banana pegou sua mochila e saiu do tronco da árvore. Dirigiu-se rumo oeste, cantando a plenos pulmões.

Ele caminhou por todo o dia cheio de um crescente sentimento de euforia que lhe dava ganas de dançar. Assim, ele parou e dançou, observado por uma plateia de macacos intrigados. Os macacos vaiaram.

Ao pôr-do-sol, ele chegou a uma área da selva que lhe parecia muito familiar. Especulou se estaria chegando à Cidade Branca. Mas sabia que era impossível. Farejou o ar. Era muito limpo. Não havia cheiro de morte em nenhum lugar próximo.

Enquanto ele indagava que diabo de lugar era este, uma cobra saltou do tronco oco de uma árvore e deslizou para longe. Ele percebeu o que tinha feito. Tinha dado toda uma volta e chegado exatamente ao lugar de onde partira naquela manhã.

Ficou grato à cobra.

— Volte, minha amiga — chamou ele. — Há espaço suficiente para nós dois. Afinal, é sua casa. Há lugar para todos nós.

Mas a cobra não retornou.

Ele armou uma fogueira. Tirou seu pacote de refeições, o último que tinha, e esvaziou a lata de carne em conserva, a barra de frutas secas, os biscoitos, o açúcar de uvas, o pó para limonada e o chá dentro da panela. Acrescentou água, misturou tudo e levou ao fogo.

Era a melhor refeição que tinha feito desde que chegara a Burma.

Estava tão entusiasmado com sua descoberta culinária que queria correr para o abrigo da Seção D e mostrar a todos os garotos. Teve de se controlar porque pensou que seria perigoso demais a esta hora da noite. Os cospe-brasas logo chegariam.

Após o jantar, ele acendeu um Chesterfield e se regozijou com o esplendor do ambiente a seu redor.

Banana nem sequer se deu ao trabalho de cavar uma trincheira naquela noite. Atirou a mochila no oco da árvore e entrou atrás dela.

Choveu a noite inteira, mas ele não despertou nem uma vez.

Acordou de manhã e se descobriu coberto por sanguessugas. Ele despiu seu uniforme, seus calções de baixo, as botas e as meias. Completamente nu, examinou-se e viu milhares de minúsculas criaturas como lesmas penduradas em seu corpo, da cabeça aos pés, sugando seu sangue.

Ele começou a arrancá-las, mas depois viu que, quando seus pequenos corpos estavam inchados com sangue e saciados, as sanguessugas simplesmente retraíam o sugador muscular e as mandíbulas afiadas que lhe perfuraram a carne e caíam no chão como num deliciado desmaio. Ele podia ver que estavam contentes porque as sanguessugas, cada uma abençoada com três mandíbulas armadas com uma centena de dentes afiados e estômagos elásticos o bastante para comportar cinco vezes mais sangue que seu tamanho normal, começavam a dançar assim que saíam do torpor. Na mente de Banana, não havia nenhuma dúvida de que as acrobacias alucinadas e exultantes, em que os corpos subiam e desciam e pareciam estar nadando ao mesmo tempo que continuavam no mesmo lugar, eram uma dança de êxtase e gratidão.

— Sirvam-se, amigos — disse Banana aos parasitas. — Há muito mais de onde veio este sangue.

Eram seus hóspedes, afinal. Seria grosseiro de sua parte não lhes oferecer uma refeição.

Ele guardou seu uniforme, botas, calções e meias na bolsa e estava a ponto de passar os braços pelas alças para ajustar sua mochila quando percebeu que isto esmagaria as pobres criaturinhas que se alimentavam em suas costas.

Banana se desculpou profusamente com as sanguessugas e atirou a mochila de volta ao tronco da árvore. Ele empurrou seu fuzil para o oco e jogou longe sua *adda*.

— Sinto ter invadido sua linda casa por duas noites seguidas — disse ele em voz alta, na esperança de que a generosa cobra estivesse por perto e o escutasse. — Como símbolo de minha gratidão, deixei uma bolsa em seu quintal. Na bolsa, você vai encontrar duas pistolas, uma Bren, alguma munição e um bom número de granadas. Vai encontrar muitas outras coisas nela. Pode se servir de todas. Eu lhe presentearia com um corcel para acompanhar as armas, mas o único cavalo que já tive acabou não sendo cavalo coisa nenhuma. Na verdade era um burro, e já não está mais neste mundo. Teria me dado grande prazer vê-la, minha galante amiga, empoleirada num cavalo com um fuzil em suas mãos. Eu já mencionei as pistolas? Há uma Browning e uma Enfield. São suas agora. Ambas pertenceram ao samanja. Mas o samanja está morto, e não vai precisar delas.

17

Desarmado, sem nem mesmo uma faca de cozinha consigo, e nu como no dia em que nasceu, Ali Banana fez sua jornada através da floresta.

Eu lembro quando eu era um soja,
Eu lembro quando eu era um soja,
Eu lembro quando eu era um soja,
Eu lembro quando eu era um soja.

Ipi ia-iá, ipi ipi ia-iá,
Ipi ia-iá, ipi ipi ia-iá,
Ipi ia-iá, ipi ipi ia-iá,
Ipi ia-iá, ipi ipi ia-iá.

Ainda estava cantando quando finalmente terminou seu caminho de volta à fortaleza, três dias depois.

Ele sobreviveu graças a uma dieta de sanguessugas.

Os sentinelas deram uma olhada no africano nu cantando a plenos pulmões quando ele se aproximou dos arames e correram para ajudá-lo a entrar. Seu rosto estava terrivelmente inchado e coberto de mordidas de sanguessugas. Não conseguiam distinguir quem era, mas sabiam que qualquer homem negro em Burma tinha que ser um deles. Tudo que sabiam era que o homem parecia ter cinquenta anos de idade.

Banana ficou em delírio de felicidade ao ver os chindits, e, a não ser pelas milhares de pequenas feridas em forma de Y em sua pele, e as muitas dezenas de sanguessugas ainda se banqueteando em seu corpo, não conseguiam decifrar o que havia de errado com aquele homem.

Ele era só sorrisos até que lhe ofereceram um cobertor para cobrir sua nudez.

— O Janar — declarou ele — teria cuspido em seu cobertor.

Assim, ele cuspiu no cobertor em nome do Janar.

Eles o levaram diretamente ao QG da Brigada.

Banana ficou irado quando o comandante da Brigada lhe ofereceu um assento.

— Não está vendo que tenho hóspedes? — gritou, sacudindo um dedo repreensivo ao oficial. — Não consegue ver que morreriam se eu me sentasse em cima deles?

Ele arrancou de sua coxa uma sanguessuga particularmente bem alimentada e atirou-a na boca.

— Eles disseram que eu poderia comê-los — explicou Banana enquanto despedaçava a lesma entre os dentes. — Não queriam que eu morresse.

Samanja Show, que tinha ouvido falar sobre o africano nu em visita, entrou quando Banana se servia de mais uma iguaria repleta de sangue e imediatamente se virou e tornou a sair. Eles o ouviram vomitando do lado de fora do abrigo.

Quando o comandante perguntou por sua saúde, Banana murmurou algo sobre uma cobra.

— Ela foi tão gentil comigo — disse ele sacudindo a cabeça, maravilhado. — Eu teria dado um corcel a ela, se tivesse um para dar. Onde está Quebla?

Os telefones e walkie-talkies na Cidade Branca enlouqueceram em busca de Quebla.

Quebla, que parecia um espírito, tendo defecado tudo que comera e perdido mais da metade de seu peso, apresentou-se ao QG em estado febril e ligeiramente atordoado.

Banana estava radiante por revê-lo.

— Quebla! — exultou ele. — Estou tão feliz por vê-lo, Quebla, meu irmão. Eu lhe daria um grande abraço, mas não posso, está vendo, meus amigos estão fazendo sua ceia.

O queixo de Quebla caiu completamente. Encarou perplexo o homem louco que lhe falava.

— Quem é você? — perguntou Quebla, genuinamente estupefato. Nunca antes tinha visto aquele homem.

— Quebla, sou eu — emocionou-se Banana, sua voz repleta de amor. — Sou eu, Ali Banana. É tão bom ver você, amigo.

Quebla irrompeu em lágrimas.

Kurundus kan dan bera

Isto é tudo.
Fim de papo.

Nota do Autor

Tenho uma dívida de gratidão com o saudoso sargento James Shaw — que fez uma aparição teatral neste romance sob o disfarce do fictício Samanja Jamees Show —, cujo inesquecível relato da experiência chindit, *The March Out*, apresentou-me ao Ali Banana da vida real (cujo xará imaginário é pura invenção e não traz nenhuma semelhança com seu predecessor histórico). *Chindit Column*, do capitão Charles Carfrae, mostrou-se similarmente inestimável. Todos estes livros, em conjunto com as clássicas memórias de guerra do brigadeiro Michael "Mad Mike" Calvert, *Prisoners of Hope*, relato em primeira mão sobre os chindits, narram exemplos salutares da coragem e destreza mostradas pelos africanos que serviram junto deles em Burma, e em muitas instâncias me permitiram redescobrir aquele mundo fantasmagórico, extremamente vívido e ainda assim vertiginoso das selvas do sudeste da Ásia, no qual fui imerso pela primeira vez quando não era muito mais que um bebê, pelas histórias de meu pai sobre carnificina, traumas de guerra e compaixão arduamente aprendida.

Quero agradecer ao Museu Imperial de Guerra onde passei tantas tardes examinando arquivos militares publicados sobre a Segunda Guerra Mundial e seu palco menos documentado e mais brutal, a Campanha de Burma.

Quero registrar minha dívida também com os seguintes livros: *Orde Wingate*, de Christopher Sykes; *Orde Wingate: Irregular Soldier*, de Trevor Royle; *Fire in the Night*, de John Bierman e Colin Smith; *War Bush*, de John A. L. Hamilton; *West Africans at War*, de Peter Clarke. Também tomei de empréstimo (e com considerável liberdade) material de uma história real intitulada *The Last Public Execution in Sokoto Prison*, publicada na antologia *A Selection of Hausa Stories* compilada por H. A. S. Johnston. Devo a todas estas fontes um mundo de gratidão.

Também gostaria de agradecer a todos os amigos e familiares que me apontaram a direção certa e que me apoiaram quando estava escrevendo este livro: Temi T. e Andrea; Ona, Rana e Keith; Nick Rankin; Johanna Ekström; Charles Taylor; e minha editora, Ellah Allfrey, que me encorajou a fazer este livro e o tornou uma obra melhor. Também quero agradecer ao Arts Council England pelo subsídio que me permitiu trabalhar neste romance.

Biyi Bandele
Londres

Este livro foi composto na tipologia Minion, em corpo 11,5/16, e impresso em papel off-white 80g/m²
no Sistema Cameron da Divisão Gráfica da Distribuidora Record.